ENRIQUE ESTELAR

EXPERIENCIAS DE CONTACTO EXTRATERRESTRE

www.verdadestelar.com

© 2018, Enrique Estelar

© 2018, EXPERIENCIAS DE CONTACTO EXTRATERRESTRE

Primera edición: Julio de 2018

Diseño de portada, fotografía e Ilustraciones: Enrique Estelar

Todos los derechos reservados. Queda prohibida la reproducción total o parcial de cualquier parte de esta obra, incluida la cubierta, así como su transmisión o tratamiento por ningún medio, sin el permiso previo por escrito del autor.

Impreso en Estados Unidos de Norteamérica

Made in The U.S.A.

A mis padres

ÍNDICE

Vivimos negando todo aquello que al final de nuestros días hubiéramos querido entender.

NOTA DEL AUTOR

Si hubiera decidido escribir un libro lleno de mentiras, al no ser idiota, hubiera escogido otras más creíbles. Y en caso de que fuera idiota, hubiera decidido ser novelista y así recibir reconocimiento por escribir mentiras.

ENRIQUE ESTELAR

FENÓMENOS PARANORMALES O EXTRATERRESTRES

A todos aquellos que les llama la atención lo desconocido, el mundo del misterio y los fenómenos inexplicables saben muy bien que por lo general podemos encontrar dos principales ramas que se ocupan de estos temas: el fenómeno ***PARANORMAL*** y el fenómeno ***EXTRATERRESTRE***. En mi caso (como ya detallaré más adelante) estuve más cercano y más interesado en los fenómenos ***PARANORMALES*** en los primeros años de mi vida, para después, con más consciencia y conocimiento, dedicarme casi por completo al fenómeno ***EXTRATERRESTRE***; aunque de alguna manera es imposible desvincular uno del otro. A veces las diferencias entre ambos tipos de fenomenologías son mínimas; yo mismo he estado en medio de situaciones inexplicables que hasta el día de hoy no sabría en que rubro clasificarlas.

Entendamos entonces que cuando hablamos de fenómenos ***PARANORMALES*** nos enfocamos a todos aquellos que van más allá de lo normal, a los cuales no se les puede dar una explicación a partir de la ciencia convencional o leyes físicas. Ahora bien, por cuestiones prácticas y tal vez egoístas, abusaré del poder que se me confiere al ser el autor de estas líneas y estableceré el concepto que a mí más me ha funcionado.

Para mí, los fenómenos ***PARANORMALES*** son aquellos en donde mayormente se involucra la presencia, manifestación, materialización o contacto con seres a los que relacionamos con el "***Mundo de los Muertos***".

Por lo que cuando hablo de posibles fantasmas, espíritus, algún tipo de posesión o casas embrujadas etiqueto a esos fenómenos como ***PARANORMALES***. Debemos de considerar que, específicamente en esta situación, en la cual tratamos de manera absurda y necia de clasificar a la fenomenología, siempre nos vamos a encontrar con miles de puntos de vista que plantean esquemas distintos y que al tratar de entenderlos o compaginarlos solo logran confundirnos más.

Si nos apegamos fielmente a la etimología de la palabra ***PARANORMAL***, (*PARA.- al margen de; NORMA.- algo estándar o esperado*) incluso podríamos incluir al fenómeno ovni y ***EXTRATERRESTRE*** debido a que estos también se encuentran al límite de lo normal y tampoco cuentan con una explicación científica. A nivel global se han dividido a los fenómenos ***PARANORMALES*** en dos tipos:

- Los fenómenos paranormales de conocimiento
- Los fenómenos paranormales de efectos físicos

Dentro de esta clasificación se incluyen a eventos fuera de lo común que, desde mi punto de vista, no debieran ser considerados fenómenos ***PARANORMALES***. Se han dado de manera irresponsable a estudiar, clasificar y entender como situaciones ***PARANORMALES*** capacidades increíbles en el ser humano, tales como:

- Telepatía
- Precognición
- Bilocación
- Levitación
- Telequinesis
- Percepción extrasensorial, entre otras.

En ese afán incansable que tienen aquellos que dirigen el mundo por hacer dudar al ser humano de sus capacidades y hacerle creer que es un ser limitado e imperfecto, resulta más conveniente atribuir este tipo de "*fenómenos*" a lo desconocido o al mundo de lo inexplicable. Los puntos antes enlistados representan capacidades o habilidades que todos los seres humanos y la mayoría de seres inteligentes en el universo poseemos. Hablando claro, el que tú domines ninguna de esas habilidades no significa que no estén en ti ni que no puedas tener acceso a ellas. El sistema actual interviene en ti de una manera discreta, silenciosa, pero muy efectiva a través de una serie de factores, planes y conspiraciones, para evitar que puedas desarrollar esas capacidades y así descubras el verdadero poder que yace en ti de manera latente.

Aquí podríamos hablar del interés que esas entidades oscuras tienen por atrofiar (calcificar) las funciones de lo que el científico, matemático y filósofo francés René Descartes consideraba "***El asiento del alma racional*"**, nos referimos a la ***glándula pineal***. Sin duda alguna, para el desarrollo de todas esas increíbles habilidades en el ser humano, la función de la ***glándula pineal*** es fundamental; de ahí que la élite gobernante se gaste en planes y estrategias para atrofiar su funcionamiento, a través de químicos añadidos altamente venenosos a los alimentos, al agua e incluso al aire que respiramos. Me podría llevar libros enteros para tratar de convencerte de la importancia de mantener tu ***glándula pineal*** en buen estado y de las destrezas a las cuales podrías aspirar gracias a ella, tal vez lo haga en algún otro texto, mientras vamos a enfocarnos en lo que ahora nos compete.

El estudio de lo oculto nos abre la posibilidad de conocer e investigar un abanico muy variado de fenómenos; para esto han surgido algunas pseudociencias que se especializan en algún tema en específico; temas que desde mi perspectiva no se deben considerar dentro de la fenomenología ***PARANORMAL*** tomando en cuenta la definición que di previamente de estos fenómenos; solo por mencionar algunas de estas pseudociencias tenemos las siguientes:

ELFICOLOGÍA Y FEERICOLOGÍA: La primera se especializa en el estudio y búsqueda de posibles elfos, gnomos, trolls, entre otros seres similares. La segunda se enfoca al estudio y búsqueda de posibles hadas o seres similares que cuenten con alas y supuestos poderes mágicos.

ALQUIMIA: A pesar de ser la precursora de las ciencias modernas, la alquimia actualmente se considera como una práctica plagada de contenido místico y esotérico. Esta pseudociencia se centra en la obtención del oro a partir de otros materiales como el plomo y el desarrollo de la sustancia más anhelada por los practicantes de esta disciplina, *La Piedra Filosofal*; con la cual, se tiene la creencia, que es posible alcanzar la vida eterna y otras maravillas.

CRIPTOZOOLOGÍA: Esta pseudociencia se encarga del estudio, búsqueda y clasificación de posibles criaturas o animales ya extintos como los dinosaurios, pero principalmente se enfoca en aquellos de corte místico o propios de leyendas, como: el Chupacabras[1], pie grande, el monstruo del lago Ness, entre otros.

MANCIAS: Conjunto de pseduociencias que se enfocan en la adivinación del presente, pasado y futuro a través del uso de diversas técnicas y materiales. Podemos mencionar como ejemplos a la quiromancia, cristalomancia, geomancia, entre otras.

BRUJERÍA O HECHICERÍA: Una práctica que levanta grandes controversias y se encarga de dividir opiniones, ya que podemos encontrar a todo tipo de personas, de toda clase social, nivel económico y académico que creen en estas prácticas y otros que tal vez no. Desde mi entender diré, que

[1] Por experiencias personales puedo asegurar que el Chupacabras es real; tal vez un ser de origen extraterrestre de poca inteligencia y apetito voraz de sangre; que parece buscar la confrontación directa con los humanos al dañar a sus animales de granja.

la brujería es esa práctica que trata de influir en las personas y en sus destinos a través de la supuesta invocación de espíritus o entidades y la utilización de brebajes o fórmulas mágicas obtenidas mediante un conocimiento profundo de las propiedades de ciertas plantas y elementos naturales. A nivel personal no entiendo los métodos ni los medios que la brujería utiliza, sin embargo, es una práctica que miro con respeto al tener evidencia concreta de su eficacia.

En toda etapa de la historia han existido curiosos, quienes se involucran en el estudio e investigación de los temas ***PARANORMALES*** y ***EXTRATERRESTRES*** de una manera seria, comprometida y muchas de las veces desinteresada. Es estúpido negar que el dinero mueve al mundo y que sin este resulta casi imposible sobrevivir; personalmente he atravesado algunas muy malas rachas en mi vida debido a la falta de dinero, pero eso no ha sido pretexto para intentar lucrar con mis proyectos, ni mucho menos con los mensajes compartidos por esos *Seres de Luz* que me visitan de vez en vez. Lamentablemente no todos se manejan bajo la misma ética ni bajo los mismos ideales y así es como tenemos decenas de pseudoinvestigadores de estos fenómenos que lucran a más no poder con estas realidades, asentando su mina de oro específicamente en la difusión del tema ***PARANORMAL.***

El miedo se ha convertido en toda una industria y de este no solo se sirven esas entidades que nos esclavizan y dirigen el mundo, sino también algunos humanos oportunistas. En el oficio de inducir miedo muchos han encontrado un modo de ganarse la vida, adquirir fama o vender mercancía.

Tanto en medios masivos como en medios digitales, son muy comunes los programas en los cuales los locutores se dedican a narrar historias de terror o bien, reciben llamadas del público para que cuenten sus experiencias personales, que por lo general son de corte ***PARANORMAL***.

Hablar de fantasmas, de apariciones, de casas embrujadas, visitar lugares abandonados o cementerios a media noche son parte de esa serie de actividades que todos los días se comparten en esas transmisiones. Los seres humanos encuentran hasta cierto punto excitante el sentir miedo, de algún modo les llama la atención todo aquello que existe tras esta vida y como es casi imposible comprobarlo mientras estén vivos, se dedican a fantasear con historias y anécdotas que generalmente son falsos o forman parte del folclor popular de una región; como la famosa ***LLORONA*** en México, solo por mencionar un ejemplo.

Lo que hay después de la vida representa un misterio y conocimiento prohibido para las masas, entonces sólo se dedican a especular y las historias ***PARANORMALES*** les ayudan a llevar a cabo esa tarea. Descaradamente se ha dado el escenario principal en los medios masivos (por lo que cuentan con la atención de las mayorías) a los temas ***PARANORMALES***, relegando con todo esto al último lugar de importancia al tema ***EXTRATERRESTRE***. Esto no es casualidad ni obra del destino, hay una mano que mueve los hilos necesarios para que la gente dirija la mirada hacía los cementerios y no hacía el cielo, trataré de explicar las circunstancias que motivan a este complot. Como mencionaré más adelante, el fenómeno ***PARANORMAL*** fue el primero con el que tuve contacto desde pequeño; ya que, desde que tengo memoria, viví una serie de situaciones por demás extrañas e imposibles de explicar; no fue sino años después que la realidad ***EXTRATERRESTRE*** se presentó ante mí para nunca abandonarme. Cuando tuve la consciencia necesaria de decidir qué línea de investigación seguiría más de cerca, opté por el fenómeno ***EXTRATERRESTRE*** y para hacerlo no tuve que pensar mucho.

Para mí el contacto con seres de corte ***PARANORMAL*** me resulta una ***pérdida de tiempo*** y esto lo digo con el debido respeto, ya que tengo conocimiento de casos en donde personas después de fallecer, vienen a dar el último adiós a sus seres queridos, pero estos casos se deben tratar por separado. Si consideramos que un *"fantasma"* o *"espíritu"* no es otra cosa más que un humano muerto, pues me resulta una pérdida de tiempo escuchar aquello que tenga para compartir, que a final de cuentas, no es nada que no sepamos debido a que de allá venimos (***REENCARNACIÓN***) y, en el peor de los casos, hacía allá nos dirigimos.

El tratar de acceder a los consejos de un ser humano descarnado no llama mi atención, por el contrario, siempre he dicho que es un tema delicado; ya que el acudir con espiritistas o médiums puede traerte como consecuencia cosas terribles y en caso de que sí pudieras contactar con tu ser querido en el más allá, ¿Cómo puedes tener la certeza de que es tu familiar y no una entidad traviesa gastándote una broma? Entonces, aquí tenemos la razón por la que los dueños de los medios y dirigentes del mundo le permiten al ser humano hablar, difundir e investigar abiertamente los temas ***PARA-NORMALES***, *porque saben a la perfección que la información que de ahí obtengamos es insulsa, insignificante e inofensiva*. Para darle explicación a un fenómeno ***PARANORMAL*** sólo bastará concluir lo siguiente:

"Es un fantasma, un alma en pena que se manifiesta"

Para el ser humano promedio esta explicación es más que suficiente, porque también debemos de recordar que los fantasmas, espíritus y demonios son más aceptados como reales que los ***EXTRATERRESTRES*** y esto se debe en gran parte gracias a esas famosas historias contenidas en la biblia. Aquí aprovecho para darte un consejo; si eres lo suficientemente descarado y te encuentras en apuros económicos, apréndete la frase antes mencionada, úsala como explicación para esos fenómenos difíciles de entender y dentro de poco, te estarán invitando a programas de radio, saldrás en televisión y tal vez hasta aparezcas en alguna película.

Por su parte, el fenómeno ***EXTRATERRESTRE*** no se puede resumir a una explicación tan pobre. No lo podemos atribuir a una sola entidad, ya que se tiene registro de por lo menos 50 razas distintas de seres que manipulan esas naves a las que llamamos ovnis. Esos seres no son humanos, por lo que su perspectiva de la creación, sus ideas, su modo de vida, su estructura social y su tecnología no es para nada similar a la del planeta Tierra, y eso, yo considero, sí es digno de llamar la atención y por lo tanto de investigar y difundir. La consciencia acerca de la existencia de la realidad ***EXTRATERRESTRE***, tiene el poder de abrir la mente del ser humano hacía posibilidades infinitas.

El simple hecho de estar al tanto de razas inteligentes que nos visitan de vez en cuando desde lugares muy lejanos y de algunas otras quienes, viven y se entremezclan en la sociedad humana desde hace ya varias décadas, abre la brecha de la curiosidad, del querer saber, del querer acercarnos, del conocer; porqué el ser humano (a pesar de lo que te han hecho creer en esta *MATRIX*) tiende inevitablemente a acercarse a la ***VERDAD***.

En más de una ocasión he podido dejar en claro este planteamiento haciendo uso de algunos ejercicios, en los cuales es necesario utilizar nuestra imaginación y esta vez no será la excepción. Que quede claro:

"EL ACERCAMIENTO A REALIDADES DIFERENTES NOS ABRIRÁ LA CONSCIENCIA EN MUCHOS ASPECTOS"

Me gusta mucho y tal vez de una manera malsana ,debo admitirlo, el ver la reacción, los argumentos y los rostros de todos aquellos que aceptan mi reto de "***IMAGINAR UNA REALIDAD ALTERNA***" ya que gracias a este pequeño ejercicio mental podemos darnos cuenta del alto grado de programación y manipulación mental al cual hemos sido sometidos todos nosotros dentro de este medio controlado llamado *MATRIX*, y tú al darte cuenta de ello, no puedes ocultar ni disimular la sorpresa, el desencanto, la molestia y en ocasiones, hasta la decepción ante esta cruda verdad.

Esta vez te invitaré a imaginar una sola realidad alterna, con la única finalidad de que quedes convencido de que lo expuesto en líneas anteriores es una triste realidad. Siendo así te pido que hagas un esfuerzo por imaginar lo siguiente:

- ***Imagina un mundo, una sociedad en la cual el dinero no exista. Ahora responde las siguientes preguntas:***

- ¿Cómo sería esa sociedad?
- ¿De qué modo se podrían adquirir bienes o servicios?
- ¿Esa sociedad es posible?

No me hace falta conocer tus respuestas, créeme, he escuchado todas las posibles provenientes de cientos de personas diferentes y aquí, sin importar que cada cabeza sea un mundo, las opciones siempre son las mismas; las respuestas que he obtenido ante este planteamiento son invariablemente las mismas. Obviamente atravesaron por tu mente conceptos tales como el trueque, la división del trabajo y el flujo de los excedentes producidos, construir por propia mano todos los bienes y artículos que necesitas, algún tipo de "*TANDA*[2]" en la que en vez de dinero se manejen artículos de primera necesidad y no se me ocurren algunas otras opciones debido a que las posibilidades con las que contamos en este mundo para manejarnos sin utilizar dinero son extremadamente escasas o muy reducidas. En algunos casos se han involucrado en este ejercicio economistas o algún otro tipo de académico que se autodenomine experto en todo lo referente al dinero, su reacción es de rechazo total ante una posible sociedad que no dependa del dinero y en el peor de los casos, se burlan con una actitud altiva de mi inmensa ingenuidad e ignorancia apoyándose en teorías económicas y de mercado, haciendo mención de esos complejos movimientos imposibles de entender, que nos hablan de la ruta del dinero, tomando en cuenta la estabilidad o volatilidad de las bolsas de valores del mundo, etcétera.

No es mi intención ridiculizar ni restarle importancia a todo aquello que les llevó años de estudio conocer a nuestros amigos que se encargan de entender y conceptualizar la economía de la sociedad, pero todos sus argumentos, teorías y consideraciones son inoperantes e inaceptables dentro de una sociedad espiritual y tecnológicamente avanzada.

---

[2] *TANDA: Se refiere a una colecta de dinero constante en donde en un momento cada uno de los participantes recibe el dinero total que es igual al total que dará en las demás ocasiones.*

El uso del dinero en si es muestra clara de que el ser humano como raza es de las menos (por no decir la menos) evolucionadas dentro del universo conocido. Y para sorpresa de muchos y desagrado de otros cuantos, una sociedad funcional y armónica es posible sin la presencia del dinero, que no es otra cosa sino la principal cadena que mantiene al ser humano dentro de este cerco de acciones y pensamientos permitidos por esos que dirigen y gobiernan al mundo[3]. En las no pocas ocasiones que he tenido la fortuna de ahondar dentro del entramado social de otras razas espiritualmente más evolucionadas, he podido ver que ellos no entienden el concepto de dinero; nuestros ***HERMANOS DEL ESPACIO*** entienden a las monedas, billetes, cheques y tarjetas de crédito como objetos que se cargan con la energía vital de cada ser humano y que esa energía es robada, utilizada y acaparada por los gobernantes que a fin de cuentas son los que controlan todo lo referente al dinero, a la economía y desgraciadamente también, a la energía. Esas razas avanzadas **NO UTILIZAN DINERO**, simplemente es algo que no contemplan dentro de su existencia por el hecho de que no lo necesitan. Hay muchas cosas que podríamos y debemos de aprender de civilizaciones avanzadas, para eso es importante el acercamiento a estos temas, más allá de saciar tu morbo infantil de ver navecitas en el cielo. No corresponde en estas páginas hablar del modelo

---

[3] Invito a consultar el capítulo nombrado *"DINERO Y TIEMPO, LOS VERDUGOS MÁS DISCRETOS"* contenido en mi libro *"EL MODELO PERFECTO"* para entender más a fondo lo aquí esbozado.

social de otras civilizaciones, en este caso sólo te pediré que imagines algo más:

- ***Imagina a la típica familia extraterrestre acudiendo a una agencia espacial de FORD para adquirir una nave familiar contemplando sus próximas vacaciones al planeta Tierra.***

Difícil ¿verdad?, esa situación nos remonta a películas de Hollywood o tal vez a alguna serie animada de temática espacial futurista como *LOS SUPERSÓNICOS.* Lo importante que debemos de entender es lo siguiente; en el momento que una raza inteligente accede a esferas superiores a través del desarrollo de su espiritualidad, tanto la materia como la energía se ponen a la disposición absoluta de los miembros de esa raza, dicho en otras palabras; *tienen acceso ilimitado a toda la materia y a toda la energía sin tener necesidad de "pagar" algo a cambio*. Está de más hacer la aclaración, de que una raza perteneciente a la 5ta dimensión no desperdiciaría recursos, no lucraría con ellos, nadie trataría de acaparar esos recursos ni daría pie a comerciar esos recursos materiales y energéticos de manera ilegal con seres de otros planetas; ese tipo de actitudes, lamentablemente solo se pueden ver en la raza humana (*sin tomar en cuenta a algunas razas Reptilianas*) y eso es digno de la vergüenza más grande.

Con todo lo anteriormente escrito, podemos darnos una idea clara de porque los dirigentes del mundo permiten de manera más libre la divulgación e investigación del tema

PARANORMAL a diferencia de la realidad ***EXTRATERRESTRE***. Ya lo dije y lo vuelvo a repetir:

"EL ACERCAMIENTO A REALIDADES DIFERENTES NOS ABRIRÁ LA CONSCIENCIA EN MUCHOS ASPECTOS"

Y precisamente eso es la realidad ***EXTRATERRESTRE***, una realidad diferente. Esto es razón más que suficiente para que se le restrinja a las masas el acceso a estas verdades y si por ahí existe algún aventurado o aventurada que ponga en tela de juicio lo aquí expuesto, te invito a reconsiderar los esfuerzos del gobierno global para alejarnos del tema ***EXTRATERRESTRE*** y para ello solo debes abrir los ojos a planes y estrategias tales como ***LOS HOMBRES DE NEGRO, LA N.S.A., EL PROYECTO BLUE BOOK***, entre otros.

Por último, un dato del que puedo dar fe de su veracidad y por el cual también podemos entender porque los gobiernos temen al tema ***EXTRATERRESTRE***, es que en civilizaciones avanzadas no existe el concepto de ***GOBIERNO*** o ***GOBERNANTE*** como lo conocemos aquí en este planeta. Para nuestros hermanos más evolucionados es inconcebible la idea de un semejante a ellos que se sirva de su cargo público, que goce de impunidad absoluta, que este por encima de los intereses comunes, que se premie con casas blancas en las Lomas de Chapultepec o que compre aviones de más de $7,500,000,000 de pesos mexicanos; esto es algo que no puede existir dentro de una sociedad espiritualmente evolucionada ya que, no habría ser tan despreciable como para comportarse así, ni sociedad tan pasiva que permitiera esos delitos. Esas sociedades avanzadas entienden la presencia de ***REPRESENTANTES*** y ellos verdaderamente representan la voz popular y los intereses comunes de las mayorías. Son exactamente lo que nosotros deberíamos de entender por *servidores públicos*.

Cómo pudiste entender a lo largo de este capítulo, para mí las ventajas de estudiar, entender y acercarnos a la realidad ***EXTARTERRESTRE*** superan por mucho a las que ofrece el tema ***PARANORMAL***. No desprecio ni es mi intención poner en segundo término a los fenómenos ***PARANORMALES***; algo que prácticamente es imposible, porque ambos temas muchas veces van de la mano y el entendimiento de uno nos puede acercar al esclarecimiento del otro.

Terminaré este capítulo diciendo, que existe otro punto importante dentro del fenómeno ***EXTRATERRESTRE*** que descaradamente expone el nerviosismo del gobierno global ante el tema y es muy sencillo comprobar esto. Es del dominio público la existencia de archivos clasificados por parte del gobierno de los Estados Unidos, incluso se han dado a la tarea de restarle importancia y caricaturizar el tema a través de la difusión de un programa que descaradamente lleva por título:

"THE X FILES"

Lo que en español debemos de entender como: ***LOS ARCHIVOS SECRETOS "X"***. Dentro de estos documentos que existen y que están en poder de los gobiernos más poderosos del mundo, podemos encontrar infinidad de investigaciones que involucran al tema ***EXTRATERRESTRE*** principalmente. Aquí debes hacerte la pregunta ¿Por qué los dirigentes del mundo insisten en mantener en secreto esas verdades? Y suponiendo que el ser humano tuviera acceso libre a esos documentos ¿Qué uso tan terrible o radical podría darle a esa información que pone muy nerviosos a los *"de arriba"*?

Por otro lado, este gobierno global invierte grandes sumas de dinero, esfuerzos, recursos y estrategias en agencias secretas gubernamentales que, para variar, tienen por consigna la investigación del fenómeno ***EXTRATERRESTRE*** y la contención de esa información entre los pueblos del mundo. Sabemos de sobra que los gobernantes y dirigentes de este mundo no levantan un dedo si no llevan ganancia o beneficio de por medio, entonces aquí debes de preguntarte ¿Qué ganancia lleva el gobierno global al realizar acciones como estas? La respuesta a esta pregunta se irá develando ante ti conforme vayas adentrándote en el estudio de las ***CONSPIRACIONES*** y acabes de entender la enorme riqueza evolutiva a la cual tenemos acceso por medio del acercamiento a razas espiritualmente más avanzadas.

INTRODUCCIÓN AL FENÓMENO EXTRATERRESTRE

Es inevitable para el ser humano tener contacto con sus semejantes, de hecho por ahí se escucha mucho la frase que dice: "*El ser humano es sociable por naturaleza*". Por la actitud recelosa que me caracteriza puedo llegar a pensar que es otra de muchas frases que lanzan los dirigentes del mundo a la población con la intensión de controlarnos y de servirles de una manera más eficaz, casi motivándonos a trabajar en equipo. Pero desde una perspectiva más objetiva y haciendo de lado todas las conspiraciones que nos acechan, podemos entender que hay mucho de cierto en esa frase y que el ser humano tiende a sociabilizar con sus congéneres por diversas causas. De hecho, pocas cosas en este mundo conocido serían posibles sin la interacción de la raza humana entre sí; desde la construcción de grandes ciudades hasta la procreación de un nuevo ser, requieren forzosamente de la participación organizada de más de una persona y eso ya lo podemos considerar socializar.

La idea que se ha planteado innumerables veces tanto en libros, series animadas y películas de un hombre que por motivos distintos termina en una isla desierta, genera pensamientos muy profundos en mí. Situándome hipotéticamente en esa situación estoy seguro que no podría organizar mi existencia de una manera eficaz; simplemente no sabría por dónde empezar y esto como consecuencia de que de unos buenos años a la fecha, mis horarios y actividades se ajustan de acuerdo a las necesidades de aquellos seres queridos que de alguna manera dependen de mí. Pensar en mis alimentos, en mi techo o en mi bienestar en general resultaría confuso al inicio, pero no imposible. Puedo imaginar que las primeras semanas en esa isla pasarían de largo debido a que estaría muy ocupado estableciendo métodos de subsistencia; o sea, obtención de alimentos, agua potable, armas para defenderme de posibles amenazas, la construcción de un refugio, entre otros. Después de unos meses (si consideramos que siguiera con vida) estoy seguro que gracias al instinto de supervivencia y a mi inteligencia otorgada por Dios Creador encontraría la manera para sobrevivir y más en un medio natural como lo es una supuesta isla virgen llena de vegetación y posible fauna de las cuales me podría servir.

Ya con mis necesidades básicas cubiertas en medio de aquella isla solitaria inevitablemente tras un tiempo empezaría a padecer de algo terrible; de soledad. No tendría la posibilidad de compartir mis logros, mi comida, no podría debatir con nadie ni escuchar una opinión a favor, ni en contra de mis ideas.

Sabemos que a veces es importante tomar distancia del mundo y de las demás personas, buscar un espacio donde puedas encontrar la posibilidad de escucharte a ti mismo evitando que la opinión de los demás interfiera con tus deseos o decisiones. Esto resulta en un ejercicio interesante y necesario para aquellos que habitamos en alguna de las grandes ciudades del mundo y los que han seguido mis proyectos saben que soy un promotor entusiasta de la meditación. Resulta muy provechoso bloquear de vez en cuando nuestros sentidos a todos los estímulos externos a los cuales estamos expuestos a lo largo de nuestro día a día; pero es muy distinto buscar esta paz intencionalmente en medio de un mar de gente, que vivir verdaderamente en completa soledad.

Esto me hace pensar en el caso de esas parejas disparejas que acostumbran negarse la palabra mutuamente por periodos largos de tiempo; personalmente he tenido la oportunidad de conocer algunos de estos casos donde llevan el extremo su capricho por ignorarse completamente. Uno o dos años, viviendo bajo el mismo techo, comiendo en la misma mesa, viendo las mismas películas, durmiendo en la misma cama, pero sin hablarse uno al otro. He llegado a entender que esto más que la consecuencia de una pelea o desacuerdo es más un tipo de juego perverso en donde se tratan de mostrar la poca dependencia que tienen el uno del otro. Los participantes de estos juegos por lo general muestran una actitud relajada e incluso de gozo ante esa situación; jugando a estar solos al mismo tiempo que están acompañados. Claro que esta situación no es la misma cuando verdaderamente se vive solo y hablo por los casos de cercanos que después de un divorcio o una separación definitiva, su actitud no es relajada y mucho menos de gozo, más bien muestran un profundo pesar en cada una de sus actividades diarias, las cuales solían compartir con sus exparejas. Aquí vemos la misma situación; no es lo mismo fingir que estoy solo sabiendo que alguien está a mi lado que estar verdaderamente solo sin opción a otra cosa.

Cuando hablamos de la realidad ovni y ***EXTRATERRESTRE*** podríamos plantearnos la siguiente pregunta: ¿Realmente los seres humanos estamos solos en el universo o sólo jugamos a ignorar a nuestros Hermanos extraterrestres? Para dar una respuesta tajante a esta incógnita diremos que:

EN EL UNIVERSO CONOCIDO EL SER HUMANO NO ESTÁ SOLO, NI ES LA ÚNICA RAZA INTELIGENTE EXISTENTE.

A pesar de esta contundente e irrefutable realidad, todavía hay personas que creen estar solos en este vasto universo y que son amos y señores de este mundo. Esta creencia no es resultado de la casualidad, ha existido una intensa campaña dentro del periodo que entendemos como historia contemporánea, por parte de los medios y de los voceros oficiales del sistema; para tratar de convencer a la raza humana de que son los únicos dentro de la creación y que en este mundo y en el universo conocido no hay alguna otra raza inteligente que pudiera competir en capacidades o en bendiciones recibidas por nuestro Creador. Existen motivos y conveniencias muy fuertes por parte de estos seres no humanos de actitudes hostiles, para que esto sea de esta manera, tema que expondré más a detalle en el capítulo nombrado: *¿CUALÉS SON LAS INTENCIONES DE ESOS SERES?* Y en la búsqueda de que estas conveniencias se cumplan, resulta necesaria la interacción, a veces muy directa, de esos seres con los humanos; de ahí podemos entender por qué existen las **ABDUCCIONES** y los **CONTACTOS**.

El ser humano, a diferencia de los ***EXTRATERRESTRES*** hostiles, al relacionarse busca más que algún tipo de beneficio personal; busca eco en sus ideas, busca otro punto de vista, busca otra manera de pensar, en conclusión podemos decir que al relacionarse el ser humano intenta explorar mundos nuevos porque como acertadamente se dice:

"Cada cabeza es un mundo"

Y estoy seguro que quienes estamos acostumbrados a llevar cualquier situación cotidiana a otros niveles por encima de las nimiedades del sistema, al leer esa frase casi seguro que habremos esbozado una sonrisa, ya que nos acerca al tema eje que nos incitó a tener este libro entre las manos, la existencia de otros mundos y por ende de otras formas de vida inteligentes.

Como ya deje en claro, el ser humano no puede librarse de convivir con sus semejantes, pero *¿Se podrá librar de la convivencia con seres inteligentes de origen no humano*? Esta es una pregunta que para aquellos que han vivido completamente ajenos al tema ovni, ***EXTRATERRESTRE*** y ***PARANORMAL*** estarán pensando que este libro resultará en una pérdida de tiempo. Por otro lado, para aquellos que como yo han podido vivir este tipo de realidades en carne propia se irán sintiendo con la lectura de cada página cada vez más identificados y si lo que lees es muy parecido a lo que viviste, no dudo que incluso tus ojos se llenen de lágrimas al saber que no eres el único *"loco"* con ese tipo de experiencias.

Aparentemente la respuesta a esa pregunta es un rotundo **NO**. La raza humana está actualmente en una condición desfavorable ante este tipo de fenómenos; y debido a la poca difusión y a la falta de información del tema nos encontramos casi a la entera disposición de esos seres; una persona promedio no tiene (al menos eso cree y está convencido de ello) las herramientas ni los medios para defenderse y negarse rotundamente a ser **ABDUCIDO** o **CONTACTADO**[4]. Entonces, al ser aparentemente todos candidatos potenciales a vivir esas experiencias, cada uno de los humanos debería tener en claro todo lo expuesto en este texto, lamentablemente sabemos que esto, al menos actualmente, es muy complicado de llevarse a cabo. Es muy frecuente encontrarnos entre el común de la gente la siguiente afirmación ante el tema de las **ABDUCCIONES** principalmente:

---

[4] Es posible que el ser humano desarrolle sus capacidades al máximo y estás mismas sean las que utilice como medios para tener decisión o control dentro de estos fenómenos. Por experiencia propia puedo afirmar que el ser humano es víctima ante estas situaciones porque nos han convencido de serlo. El *Camino de la Luz* no solo libera a la raza humana de las distracciones externas de LA *MATRIX*, sino también de situaciones por encima de esta.

"A MI NUNCA ME VA A PASAR, YO NI CREO EN ESO"

Detrás de esa muestra rotunda de desconocimiento ante el tema, puedo decirte, amado lector, que son muchos los casos tanto de abducidos como de contactados que pensaban de esa manera. Veían el tema ***EXTRATERRESTRE*** totalmente ajeno a sus vidas y a su realidad, lamentablemente esa postura no es una garantía por escrito de *fuero interestelar*.

Empecemos entonces descaradamente a hablar de la convivencia de seres humanos con otras razas inteligentes, pero antes debo dejar en claro que sería necio y retrogrado enfocarnos a tratar de convencer a los escépticos en estos temas (considerando que esa no es la función de este libro) porque recordemos que para los no conocedores o negadores rotundos del tema, no hay ni habrá prueba o evidencia suficiente que les ayude a desplazar toda esa ignorancia de la cual se sienten orgullosos y portan cual medalla. Y desde el fondo de mi corazón, bajo ninguna circunstancia les desearía vivir una abducción con la intención de abrir sus mentes; mil veces preferible que sigan con su ideología y que evolucionen al tiempo que ellos decidan.

Hasta cierto punto es comprensible la actitud de esa parte de la población que niega rotundamente la existencia de vida ***EXTRATERRESTRE*** y más aún la posible interacción de esas razas con los humanos y no es para menos, ya que por lo general ***los verdaderos contactados*** son casos aislados de los cuales no se habla en los grandes medios de desinformación masiva. Un porcentaje muy reducido de personas en el mundo podrían levantar la mano y decir:

"yo he tenido contacto directo con seres extraterrestres"

De hecho, si nos apegamos a unas cifras extraoficiales estaríamos hablando de que aproximadamente solo el 7% de la población total del mundo ha tenido algún tipo de contacto directo con inteligencias no humanas. Cabe aclarar que este porcentaje no es oficial ni existe una institución seria avalada por algún gobierno que de fe de este dato; solo es una cifra que se han dado a manejar aquellos compañeros e investigadores, quienes al igual que yo, están involucrados directa o indirectamente con la investigación de aquellos fenómenos difíciles de explicar. ¿Por qué 7%? Bueno tal vez les resultó un número atractivo, uno por encima de ese que se relaciona directamente con el señor de las tinieblas. Dejando las especulaciones vaciladoras a un lado, comentaré que a mediados del año 2017 traté de obtener una cifra un tanto más certera; basándome en el número de casos de abducidos y contactados de primera mano de los cuales he tenido la fortuna de estar cerca y en algunas ocasiones de darles seguimiento.

Como psicólogo, a lo largo de ya casi 15 años de ejercer he atendido a una buena cantidad de pacientes y como ovnílogo (para no utilizar el término *ufólogo* de origen anglosajón, en apoyo a la postura del Maestro S. Freixedo) o divulgador del fenómeno ovni, un número también considerable de abducidos y contactados se han puesto en manos de mis bien intencionados consejos. Tomando en cuenta esos casos, mi círculo cercano de amistades, familiares y conocidos y algunas de las noticias que dan a conocer fenómenos ovni que fueron imposibles de disfrazar u ocultar, pude obtener una cifra escalofriante que no se acerca para nada a la que se difunde irresponsablemente. El porcentaje que obtuve fue casi del 15%, esto es que de 100 personas 15 han tenido, ellos directamente o un familiar, algún tipo de experiencia directa de contacto con inteligencias no humanas.

Quienes me conocen saben que por lo general me apego a la teoría de que:

"Para entender lo macro, hay que entender lo micro"

Aterrizaré la frase anterior en el siguiente ejemplo con la intención de difuminar dudas ante su significado. Supongamos que quieres tener noción de la cifra real de alcohólicos y consumidores de drogas dentro de tu comunidad, entonces bastará con que te enfoques a las familias que habitan en tu calle para obtener una cifra bastante acertada; del mismo modo, si quisieras saber un porcentaje aproximado de embarazos no deseados en adolescentes menores de 18 años en tu país, pues solo bastará con ver los casos dentro de tu familia y de tu círculo de amigos cercanos y sus familias.

Siendo así, si la cifra que obtuve del 15% no está tan lejos de la realidad, deberíamos de estar tomando las medidas pertinentes de prevención, atención e información ante el tema de las **ABDUCCIONES** y contactos ***EXTRATERRESTRES***. En el año 2014, La Organización Mundial de la Salud (OMS) dio a conocer el porcentaje de adultos mayores de 18 años que padecen algún tipo de diabetes en el mundo; esta cifra fue del 8.5% y con este número (inferior al 15% de abducidos y contactados según mis cálculos) la diabetes ya se considera un problema de salud mundial digno de toda nuestra atención. Y como si no fuera suficientemente alarmante la cifra que les acabo de presentar, todavía hay un punto que no puedo dejar ir de largo; dentro de los testimonios que estamos considerando no se incluyen aquellos que por diversas cuestiones no tienen recuerdo alguno de su contacto, situación que se presenta generalmente en los abducidos.

Es casi ya de dominio público el hecho de que tras una abducción son pocos los humanos que recuerdan la experiencia y para entender esto debemos desprendernos de las teorías caducas del señor Sigmund Freud referentes al supuesto aparato psíquico. En este tipo de realidades sería una grave idiotez atribuir el ***no recordar*** a ese proceso tan popularizado y erróneo que consiste según en reprimir recuerdos como medio de autoprotección ante situaciones dolorosas. Por experiencia propia sé que, por lo menos esos seres conocidos como **LOS GRISES**, cuentan con unas habilidades especiales con las que pueden manipular no solo el cuerpo, sino también la mente de una persona.

Entonces nos enfrentamos a una realidad adversa donde no todos los abducidos pueden recordar su abducción y para confirmar esto he atendido diversos casos en consulta psicológica, donde los pacientes de manera *"accidental"* se ponen en contacto con imágenes que hacen alusión a seres ***EXTRATERRESTRES***[5] y presentan cuadros de fobia hacia esas representaciones gráficas. Un miedo exagerado acompañado de angustia que aparentemente no puede justificarse, pero que detrás de este, se encuentran posibles casos de **ABDUCCIONES** que fueron parcialmente borrados de la memoria de la víctima. Me atrevo a usar la palabra *parcialmente* por que con el uso de diversas técnicas podemos recuperar esos recuerdos de una manera muy clara y vivencial. Y que quede claro que no estoy hablando de acceder al inconsciente por medio de alguna técnica freudiana, esos mecanismos dentro del tema de las **ABDUCCIONES** resultan completamente obsoletos a pesar de que algunos colegas se aferren a ellos con uñas y dientes.

Tenemos entonces que un número considerable de humanos padecen el fenómeno de las **ABDUCCIONES** y a pesar de que el fenómeno del *contactismo* es igual de impactante, nunca resultará tan invasivo ni tan traumatizante como el primero. Si esto es una realidad contundente podríamos preguntar de

[5] Desde mis inicios como psicólogo siempre he tenido alguna imagen alusiva a seres extraterrestre o sus naves como adorno dentro de mis distintos consultorios.

manera muy inteligente ¿Por qué ningún gobierno del mundo toma cartas en este asunto?

Por razones que a continuación daré a conocer, los gobiernos del mundo nunca pondrán su atención en el tema ***EXTRATERRESTRE*** a pesar de que ellos están perfectamente conscientes de sus alcances y peligros reales. Tenemos que considerar los tres grandes pilares de este nuestro mundo, que no han permitido bajo ninguna circunstancia el estudio ni la divulgación del fenómeno ovni a lo largo de la historia del hombre. Así tenemos a:

- Los gobiernos y su poder armamentista
- Las religiones
- La ciencia moderna

Todos ellos tienen mucho que perder y poco que ganar si de pronto los detalles de la casuística ovni empezaran a ser un tema de debate y estudio serio para las instituciones que se encargan de otorgar a ciertos temas la etiqueta de Teoría o Ley científica.

Resulta difícil imaginar a los dirigentes de cualquier país, principalmente de los más poderosos y que ostentan el título de potencia mundial, aceptar que otras inteligencias no humanas existen y con esto hacer público que todo su poderío armamentista, del que tanto hacen alarde y gracias al cual tienen sometido al planeta entero, no es más que un juguete ridículo e inservible si lo comparamos con esas tecnologías avanzadas con las que cuentan otras razas ***EXTRATERRESTRES*** y de las cuales yo puedo dar fe de su existencia e incluso de su poder. Entonces no será cosa fácil que lleguemos a notar ese nivel de humildad y hasta cierto punto de sumisión por parte de un ególatra presidente de Estados Unidos o de un poderoso y seguro dirigente de Rusia.

Por su parte, las religiones, quienes de la mano de los gobiernos se han dedicado a mantener a la raza humana dentro de este cerco de mentiras y limitantes, no verían beneficio alguno al admitir la existencia de razas ***EXTRATERRESTRES*** y su innegable injerencia en nuestro planeta. Las famosas apariciones marianas y las manifestaciones de supuestos santos le han dado la poca validez y credibilidad con la que cuenta la iglesia católica, sin embargo, cuando nos detenemos a analizar ese tipo de fenómenos junto con la presencia de esas ***nubes o bolas de fuego*** que protagonizan pasajes importantes dentro del antiguo testamento, podemos llegar a la conclusión de que no son otra cosa sino casos adicionales que se suman a los muchos ya registrados del fenómeno ovni.

Normalizar el fenómeno ovni y con ello la existencia de inteligencias no humanas para la iglesia representaría sacrificios enormes y no solo me refiero a dejar de percibir esas cuantiosas sumas de dinero alrededor del mundo provenientes de las limosnas y contribuciones de los fieles, sino desmentir todas las historias que a final de cuentas le dan forma a cualquier religión. Admitir la naturaleza real de los personajes y acontecimientos daría un giro insólito dentro de la historia de la humanidad y conceptos tan comunes como el de ***demonios*** tendrían que ser cambiados a ***EXTRATERRESTRES*** hostiles y en todos los libros donde se haga mención del **GRAN MAESTRO JESÚS** se debería de aclarar que él no es humano[6], no nació de mujer humana y que debemos de referirnos a él como el más grande de esos a los que llamamos ***MAESTROS ASCENDIDOS*** quienes son distintos a los que conocemos como ***HERMANOS MAYORES*** o ***EXTRATERRESTES*** buenos.

Todo el entramado de mentiras y verdades a medias que le han dado forma a las religiones se vendría abajo y la élite que gobierna el mundo no pueden prescindir de una herramienta de control tan útil como lo han sido las religiones. La efectividad de las religiones como apoyo a los planes del gobierno mundial va más allá de lo que podemos llegar a entender; ya que en el mundo físico (*La MATRIX*) mantienen a las personas dentro de un código de conducta programado que se sustenta en las famosas leyes y/o reglas a seguir en sociedad. Estas leyes imponen sanciones, multas y consecuencias en caso de que se quebrante ese código de conducta que han impuesto aquellos que gobiernan al mundo y que atiende exclusivamente a sus intereses y conveniencias.

---

[6] Juan 8:23 *"Y Jesús les decía: Vosotros sois de abajo, yo soy de arriba; vosotros sois de este mundo, yo no soy de este mundo."*

Las religiones, desde su trinchera hacen lo mismo pero a un nivel más sutil y del mismo modo más efectivo; debido a que controlan aspectos fundamentales en la formación del ser humano: sus creencias y pensamientos. Así pues, por un lado las leyes de este mundo, junto con su sistema de justicia se encargan de nuestras acciones en el plano físico, mientras que nuestro sistema de creencias está en manos de un puñado de desalmados que, como ya se sabe públicamente, encubren actos de pederastia, abusos sexuales de toda índole, financiación de armas y de las guerras santas mejor ni hablamos. Como podemos entender, con el fenómeno ***EXTRATERRESTRE*** develado ante las masas, la religión se encaminaría a su inevitable extinción al mismo tiempo que el ser humano se liberaría de muchos paradigmas absurdos que le han limitado en su continua búsqueda de la verdad y acercamiento al verdadero Dios Creador.

Por su parte, a nuestros amigos de la comunidad científica tampoco les vendría en gracia que el tema ovni dejara de ser una fantasía y se considerara una verdad fehaciente por una muy sencilla razón: la ciencia humana tiene el ego tan inflado que les resulta prácticamente imposible a sus representantes reconocer que no poseen todas las respuestas ni lo saben todo. Al respecto no me ha quedado duda alguna, al día que en diversas ocasiones he tenido la fortuna de presenciar avistamientos indiscutibles de naves ***EXTRATERRESTRES*** en compañía tanto de físicos, ingenieros y matemáticos, algunos de ellos, con altos grados académicos y la reacción de estos no ha dejado de sorprenderme y me deja en claro que en la escuela no te quitan lo bruto ni lo obstinado, sino al contrario, te hacen creer que eres un ser superior y que todo lo que esté por encima de tu entendimiento simplemente no existe. En el colmo de la negación ante aquello a lo que no pueden dar explicación, en uno de esos avistamientos, un reconocido académico enfocado a la física prefirió negar el fenómeno a pesar de que habíamos cerca de 50 personas mirando al cielo fascinados por aquél espectáculo que se mostró esa noche ante nosotros[7], nuestro amigo de ciencia levantó la mirada al cielo, se percató de aquella enorme nave, fingió no verla, volteó la cabeza un par de veces para concluir: *"Yo no veo nada"*

Esto era de esperarse de su parte, porque si por un momento imaginamos que este amigo hubiera aceptado el fenómeno que tenía lugar justo delante de sus ojos, como hombre de ciencia, yo o cualquiera de los ahí presentes esa noche hubiéramos podido tratar de interrogarlo, no con la intención de evidenciar su ignorancia ante el tema, sino para realmente tratar de llegar a alguna conclusión que diera un cierre más "*humano*" a aquél increíble fenómeno. Pero al saberse falto de respuestas y explicaciones, optó por la salida más fácil y que es la misma que usan la mayoría de estos hombre dedicados a la

---

[7] Este avistamiento, del cual hay evidencia videograbada, tuvo lugar el 17 de Agosto de 2015 en Ixtapa Guerrero, México. (*coincidentemente el día de mi cumpleaños*)

ciencia; la negación. Por supuesto que mi amigo *"El Físico"* supo librarse de ese enorme compromiso de responderle a los que supuestamente no entendemos nada del mundo ni de sus fenómenos; aquí queda claro que el ser de mente cerrada no implica ser tonto. Temas tan comunes para aquellos que estamos dentro de esta rama de la investigación como lo son: el viaje interestelar, la tecnología ***Punto Cero***[8], tecnología de teletransporte, técnicas de sanación avanzadas, entre otros, para la ciencia humana moderna solo representan una cachetada en seco al rostro que les deja ver sin lugar a dudas, las abismales limitantes a las que sus teorías, leyes, fórmulas y avances científicos se sujetan.

La ciencia de este mundo en todos los aspectos se encuentra en pañales, al menos para mí no queda duda de esto, y nadie que haya dedicado su vida al estudio de esta ciencia imperfecta y se enorgullezca de ello va a estar conforme con que ridiculicen o hagan a menos su esfuerzo; no en vano se quemaron las pestañas por años para poder llegar a entender a fondo esos fenómenos naturales presentes en nuestro mundo. Si hubiera un poco más de humildad en el ser humano, cabría la posibilidad infinita de seguir aprendiendo sin la imposición de límites.

[8] Debemos de entender a la tecnología ***Punto Cero*** como la capacidad de propulsar o levitar objetos con un mínimo desgate de energía. La ciencia humana está lejos de entender su funcionamiento.

ACLARANDO CONCEPTOS ANTES DE EMPEZAR

Para mi es vital que entiendas, que mucho de lo que yo planteo, no lo he sacado de alguna revista, de un documental de televisión ni mucho menos de un video en internet; son conceptos en los que he trabajado (entendiéndolos, organizando la información, comparando casos, utilizando datos estadísticos, etc.) por años antes de sacarlos a la luz pública, los cuales me dedico a compartir y divulgar como verdades que he tenido la enorme fortuna de vivir en carne propia, conocer y por tanto, comprobar que existen, una vez aclarado esto podemos continuar.

Ya previamente he utilizado términos y conceptos que tal vez, para aquellos que no estén próximos a estos fenómenos, no sean claros. Nunca está de más explicar, a pesar de que a veces esto aparenta ser reiterativo; es preferible cansarse de escuchar y leer un concepto mil veces, que mantener una duda por mil años. Siendo así, vamos a darle valor a cada centavo que invertiste en este libro, que espero de todo corazón aclare tus dudas, llene tus expectativas, pero sobretodo, llegue a ser ese pretexto en tu vida para que tu curiosidad e inteligencia te acerquen al entendimiento, ¿Y por qué no? a la investigación y divulgación de estos temas.

Para empezar nos enfocaremos al término ***ABDUCCIÓN***, que como podemos deducir por la palabra misma, se refiere al secuestro de humanos por parte de seres ***EXTRATERRESTRES***, intraterrestres o interdimensionales de naturaleza hostil con fines diversos. Así es, no es posible hacer una tabla y clasificar con precisión los motivos por los cuales esos seres toman por algunas horas, días o a veces minutos a ciertos seres humanos, como tampoco podemos definir certeramente el origen de esas entidades. Como lo he mencionado en muchas ocasiones en mis experiencias de abducción y de contacto, nunca he tenido la fortuna de entablar una conversación amigable y de confianza con alguno de esos seres no humanos, a veces llego a sentir envidia de aquellos compañeros contactados que nos pueden dar datos muy precisos de nuestros visitantes.

Nos hablan de su lugar de origen, tiempo de traslado, ubicación precisa en el universo y nombre de su planeta de origen y demás datos detallados que en mi caso, generalmente no me comparten y no he visto la oportunidad de preguntarlos. Normalmente se presentan, a veces con previo aviso, y dan su mensaje de una forma directa, (la mayoría de las veces telepáticamente) por lo que no hay posibilidad alguna de malinterpretar su significado, para después desaparecer.

Estoy consciente que las variantes dentro de la fenomenología ovni son incontables y que cada caso puede llegar a ser distinto, pero si he de ser sincero, de pronto hay algo en algunos (no todos) de esos contactados que me da pie a pensar que posiblemente nos encontramos frente a un charlatán y si aunado a esto, consideramos esas pláticas-conferencias en donde para ser audiencia digna de escuchar esos posibles mensajes de seres del espacio tienes que pagar varias decenas de dólares, la fórmula es perfecta para generar desconfianza hasta en el más confiado. En fin, ellos sabrán lo que hacen y sus motivos tendrán.

Algo que si tenemos claro e incluso de lo que podríamos mencionar algunos datos estadísticos, es referente a las entidades que llevan a cabo estas **ABDUCCIONES**. Lo he mencionado muchas veces a lo largo principalmente del proyecto de ***VERDAD ESTELAR***, y los que me han seguido ininterrumpidamente estoy seguro que nos les resultará ajena esta información. La mayoría de las **ABDUCCIONES** las llevan a cabo esos seres que han saltado a la fama gracias a la industria fílmica conocidos como **LOS GRISES**, (*Ilustración 1*) de quienes incluso hablaré en capítulos posteriores, debido a que yo también he sido víctima de sus fechorías interestelares. Si tenemos que mencionar cifras, podemos afirmar sin miedo a equivocarnos que el 90% de **ABDUCCIONES** realizadas en humanos son perpetradas por esos famosos **GRISES**. El 10% restante se lo podemos atribuir a entidades variadas que van desde ***REPTILIANOS*** hasta esos seres que muchos reconocen como benévolos, pero que no siempre resultan serlo, me refiero a los llamados ***NÓRDICOS***.

Basándome en los casos que personalmente he podido atender (más que investigar) puedo dar mi testimonio del motivo por el cual estos seres se acercan a los humanos.

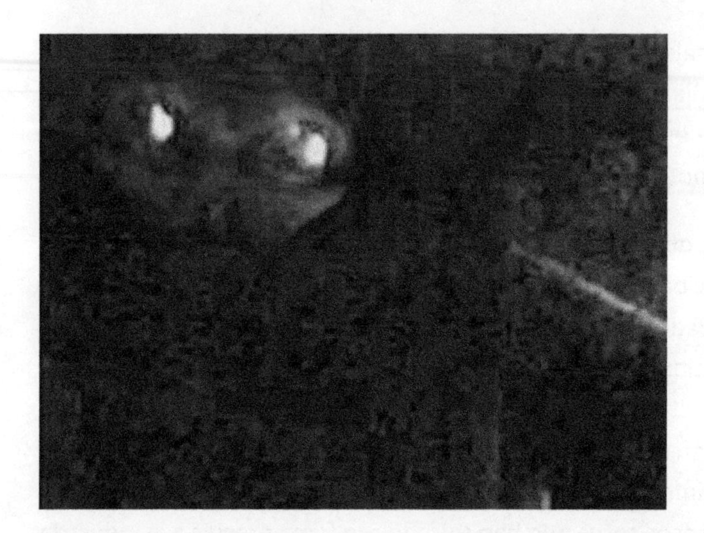

Ilustración 1 (Foto tomada el mes de Octubre en el año 2017)

Principalmente estos secuestros *exprés* se llevan a cabo en mujeres (de hecho solo tengo conocimiento de un caso de abducción a un varón a parte del mío) que se encuentran en un rango de edad específico que va desde los 16 hasta los 40 años. He entendido que es importante para esos seres que las mujeres sean fértiles y no presenten problemas para concebir, esto tiene una razón, ya que en muchos de estos casos las mujeres son utilizadas como incubadoras de seres que son implantados a través de técnicas muy avanzadas en sus vientres. Sí, sé que todo lo que estás leyendo en este momento puede hacerte dudar de la veracidad del contenido de este libro, pero no voy a caer en compartir datos imprecisos ni verdades a medias, evitando así desestabilizar tu sistema de creencias, en tal caso, deberías considerar recurrir a otros autores. Es de lo más común encontrarnos entre las mujeres abducidas el mismo *modus operandi*:

- Una noche son sorprendidas por esa luz intensa que pueden ver a través de alguna ventana de su dormitorio.
- Segundos después pierden la movilidad de su cuerpo.
- Se presentan esos seres en pares o en trio.
- Manipulan el cuerpo de la víctima en cuestión generando dolores difíciles de describir.
- Se marchan del mismo modo en que se presentaron.
- Dejan en el cuerpo de la víctima algunas marcas en las zonas donde estuvieron manipulando, generalmente las entrepiernas, los brazos o alrededor del ombligo.
- Esas marcas van desde aparentes quemaduras de cigarro, pequeños hematomas o rasguños que casi siempre muestran un patrón específico o forman figuras geométricas. (*Ilustración 2*)

Todo esto ha de resultar familiar para aquellas mujeres que desafortunadamente se han visto en esa situación tan frustrante. En algunas otras ocasiones, estos seres se limitan a poner esos famosos chips en sus víctimas. No tengo del todo clara la función de esos pequeños dispositivos, pero si puedo dar fe de que existen, ya que incluso he tenido la oportunidad de tener uno de ellos en mi poder. Las teorías que puedo ofrecer son muchas, sin embargo, creo que la del rastreo y seguimiento de la víctima es la más certera. Puedo casi afirmar esto ya que me he encontrado con muchos casos, en donde las mujeres antes de ser "*inseminadas*" ya habían sido abordadas por estos seres y les habían implantado uno de esos diminutos dispositivos.

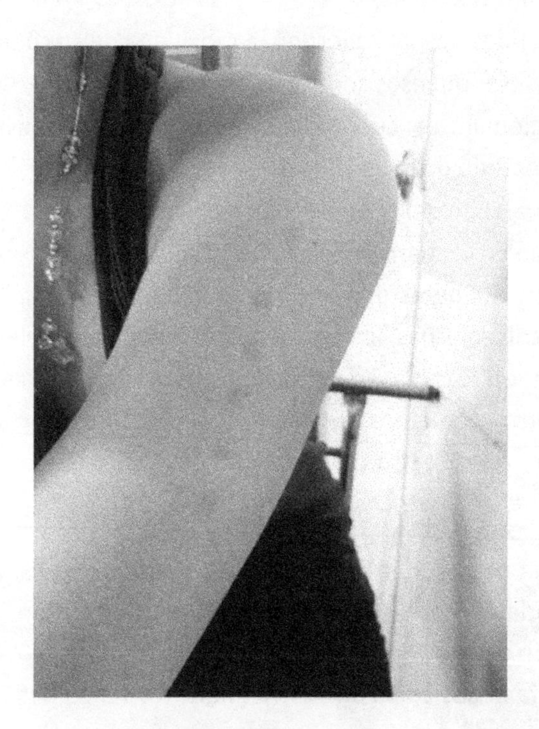

Ilustración 2 (Foto de un caso real)

El lugar favorito para hacer esto son los hombros, la entrepierna, la nariz y he visto casos en donde el chip ha sido colocado en la base del cerebro. Estoy casi seguro de que estos seres no hacen las cosas de manera azarosa, sino todo lo contrario, se manejan de acuerdo a un plan de acción previamente bien establecido, al cual se apegan y no titubean para cumplir. Por eso aparentan en sus movimientos y en su manera de comportarse que existe en ellos como una consciencia de colmena, donde sólo se limitan a lo que deben de hacer por el bien de todos sus congéneres. No en vano muchas culturas antiguas se referían a **LOS GRISES** como *"Los Hombres Hormiga"*.[9]

Basándome en estas experiencias puedo concluir que las víctimas de abducción no son escogidas al azar ni de manera irresponsable, casi puedo asegurar que estos seres o sus altos mandos, cuentan con algún tipo de base de datos con toda la información que a ellos les interesa de una gran parte de los humanos existentes en el planeta y de acuerdo con esas características que ellos conocen de nosotros, es que deciden a quien van a abducir y cuando lo harán. Al parecer el código genético resulta un factor muy importante para esos seres al momento de elegir a sus víctimas. He conocido casos de primera mano y me he enterado de muchos otros, en donde

---

[9] Los indios Hopi han vivido en el desierto del norte de Arizona durante miles de años y hacen referencia de estos *"Hombres Hormiga"* quienes, según ellos, los han ayudado a sobrevivir en ese medio tan hostil.

las **ABDUCCIONES** han sucedido como una herencia maldita; en donde el primer registro que se tiene es de la bisabuela, después de la abuela, de la madre y finalmente de la bisnieta y todas ellas han atravesado esta terrible experiencia; entonces no debería extrañarte el hecho de que si tú, que estás leyendo estas líneas con tanta atención, has sido abducido o abducida, es muy probable que en tu familia esto ya se haya presentado con anterioridad. Puedes darte a la tarea de investigar y preguntar entre tus seres queridos, aunque difícilmente una persona que creció en décadas pasadas, cuando estos temas eran tabú, te compartirá sus experiencias vividas dentro de este campo. Otra teoría que nos habla de los motivos que estos seres tienen para realizar las **ABDUCCIONES** y que se ha popularizado mucho a últimas fechas y de la cual no puedo confirmar ni negar su veracidad, es la que involucra la obtención de material genético para supuestamente llevar a cabo procesos de clonación o similares.

Un dato que puedo afirmar con un 80% de certeza es que **LOS GRISES** no cuentan con órganos reproductivos, o al menos no tienen indicios físicos de tenerlos. Es como si todos ellos fueran asexuales y sin distinción de género; a partir de estas indiscutibles características físicas que presentan, es que se ha dado por pensar que el modo en que se reproducen es a través de procesos de clonación. Ya hablé de los casos en que utilizan la procreación in-vitro utilizando a las mujeres humanas como incubadoras vivas y de la existencia de ese proceso no tengo duda alguna, lamentablemente no puedo decir lo mismo de esas supuestas técnicas de clonación.

Es muy probable que **LOS GRISES** se estén reproduciendo de esta manera y entonces esos productos implantados que tardan aproximadamente 3 meses en estar listos, sean criaturas recién nacidas de **GRISES**; es muy complicado poder afirmar esto al día que no he podido ver a uno de esos pequeños seres fuera del vientre de las mujeres humanas, ya que siempre ha sido por medio de estudios de ultrasonido y debo decir que debido a su apariencia física en esos estudios, generalmente se les confunde con tumores o alguna otra malformación. Una evidencia clara que también ha contribuido enormemente a popularizar la creencia de que toman muestras de material genético de los humanos, son unas marcas muy peculiares que aparecen en los cuerpos de algunas víctimas que han sido abducidas. Unas cicatrices cóncavas que aparecen a nivel superficial de la piel, tal y como si hubiesen sido hechas por algún tipo de cuchara para helado; un hoyito de donde aparentemente han tomado un poco de piel.

He tenido la oportunidad de ver estas marcas y sí resultan todo un misterio; no tengo duda de que fueron hechas por esos seres mientras abordaban a su víctima y que efectivamente toman una pequeña muestra de su piel; pero afirmar que utilizan esas muestras para clonarse en laboratorios subterráneos ubicados en las instalaciones de la Base de Dulce en Nuevo México, ya sería mucha irresponsabilidad de mi parte. Un punto que sí amerita ser tratado con mucha discreción y que ha sido el foco de mi atención por los últimos años es la teoría que el Profesor italiano ***Corrado Malanga*** se ha dedicado a investigar exhaustivamente; esta nos habla de la posibilidad latente de que estos seres, principalmente **LOS GRISES**, por medio de las **ABDUCCIONES** estén despojando a miembros de la raza humana de sus almas. Sé que hablar de alma implica para muchos remontarse a sus creencias y prácticas religiosas, pero más allá de lo que popularmente se cree del alma, debo decir que esta representa la presencia de Dios Creador en cada uno de nosotros; es *"eso"* que nos conecta y vincula directamente con la fuente inagotable de esa energía poderosa llamada ***AMOR***.

No voy a tratar a detalle este tema, no es la intención de este libro, sin embargo, es una responsabilidad moral hacerte saber que parte de estos planteamientos son ciertos; un porcentaje considerable de humanos que habitan actualmente el planeta carecen de alma. Le hemos restado importancia y seriedad al término *"desalmado"*, cuando en realidad este concepto indiscutiblemente se vincula con la terrible situación actual de la sociedad humana. Un humano sin alma es un ser frio, calculador, agresivo, sin empatía, pero sobretodo es un ser extremadamente egoísta. No cuento con las bases teóricas ni prácticas para poder afirmar que **LOS GRISES** son responsables por la situación de algunos de estos humanos desalmados; tengo claro que el ser humano tiene la capacidad de renunciar a su alma o perderla a través de procesos que para muchos de ustedes pudieran parecer ridículos y cotidianos. El vivir apegados a emociones negativas, el vivir con miedo, bajo cuadros prolongados de depresión o ansiedad, vivir con alguna adicción o simplemente vivir sin ganas de hacerlo, pueden orillar a cualquier humano a comprometer la posesión de su alma. Por otro lado, siempre me gusta darle su lugar y jerarquía a las cosas, entender de raíz cualquier tipo de situación retomando los conceptos más básicos que rigen este universo conocido. Desde esta perspectiva, sabemos que el alma es dada al hombre (y a otros seres inteligentes de la Creación) por Dios Creador, es uno de sus regalos para con nosotros; entonces, por lógica, no debe ser cosa fácil despojar a alguien de un regalo divino. Como ya lo dije, ciertas actitudes y acciones del ser humano podrían derivar en una causal para arriesgar su alma, esto lo debemos de entender como cierta complicidad por parte de las personas; a pesar de que ellos no estén conscientes del juego que están jugando ni de lo que están apostando y pueden llegar a perder. Al parecer, todo lo sutil en el ser humano es de vital importancia para ciertas entidades parasitarias; el alma y las energías que el ser humano puede generar y emanar a partir de procesos naturales tales como; su sexualidad o el manifestar emociones, parecen ser la razón principal de que constantemente la raza humana se vea explotada, vigilada y esclavizada. Podríamos considerarnos como la fuente dadora de alimento y placer para esos seres invisibles que gobiernan el mundo.

Por su parte, cuando nos referimos al fenómeno del ***CONTACTISMO*** entramos a un campo con características totalmente diferentes; los contactados por lo general se sienten privilegiados de haber sido "*los elegidos*" para poder vivir esa increíble experiencia. En muchas ocasiones me he encontrado con personas que al enterarse que he sido uno de esos pocos privilegiados, no tienen reparo en expresar abiertamente su envidia y su deseo por vivir algo similar. El entorno que envuelve al fenómeno del ***CONTACTISMO*** es a primera vista muy amable, plagado de cosas buenas y mensajes de **AMOR**. No debemos olvidar las lecciones que la vida misma nos ha dado y recordar que dentro de este universo ningún ser, excepto Dios Creador, es puro **AMOR**.

Podemos encontrarnos dentro de esta rama del contacto con inteligencias no humanas a muchos charlatanes y de momento no estoy refiriéndome a los charlatanes humanos, de ellos ya se encargarán fuerzas superiores, en este caso me estoy enfocando a aquellos de origen no humano. Cuando nos compete hablar de seres ***EXTRATERRESTRES*** o de origen desconocido debemos también considerar la avanzada tecnología con la que ellos cuentan; porque es gracias a esa tecnología que pueden en un momento dado, burlar la percepción sensorial de los humanos. No solo la monarquía británica cuenta con esa tecnología holográfica que logra mostrar ante los ojos de las masas cuerpos y rasgos humanos a pesar de no serlo. Aquí vale la pena mencionar un hecho que, a pesar de haber sido impactante, resultó poco conocido para muchos, ya que los medios masivos, como ya sabemos, sólo difunden aquellas notas que les ordena la élite gobernante. Ocurrió en Junio del año 2016, durante los festejos por el cumpleaños número 90 de la reina Isabel de Inglaterra, donde cientos de personas pudieron ver en vivo y millones a través de sus televisores, que la reina sufrió unos cambios físicos dignos de llamar la atención. Tal fue el revuelo que generó esta situación, que a la familia real no le quedó más remedio que dar una explicación haciendo uso de su página web oficial. (*Ilustración 3*)

En ese comunicado se dicen muchas cosas, pero aquellas que son dignas de recalcar son las siguientes:

"A inicios de esta semana la reina fue vista por miles de personas en una forma con la cual no están familiarizados"

"Mientras que tal vez ella (la reina) no sea humana"

Sé de antemano, que la mayoría de los que se enteran de esta nota, tratarán de justificarlo, entenderlo metafóricamente o encontrarle un sentido filosófico más profundo que simplemente no existe. Han programado al ser humano a dudar de la verdad y que cuando ésta se le presenta de frente en forma descarada, no la reconozca. Los seres oscuros en el universo, que han decidido vivir alejados del **AMOR**, se distinguen principalmente por ser los amos y señores del engaño y de la mentira. Con esta realidad en mente, he logrado deducir que muchos de los seres que se presentan ante mis compañeros los contactados, no son entidades del todo benévolas o con buenas intenciones. Estas declaraciones resultan muy incomodas y hasta cierto punto agresivas para aquellos que están 100% seguros de haber sido contactados por entidades inteligentes y bondadosas.

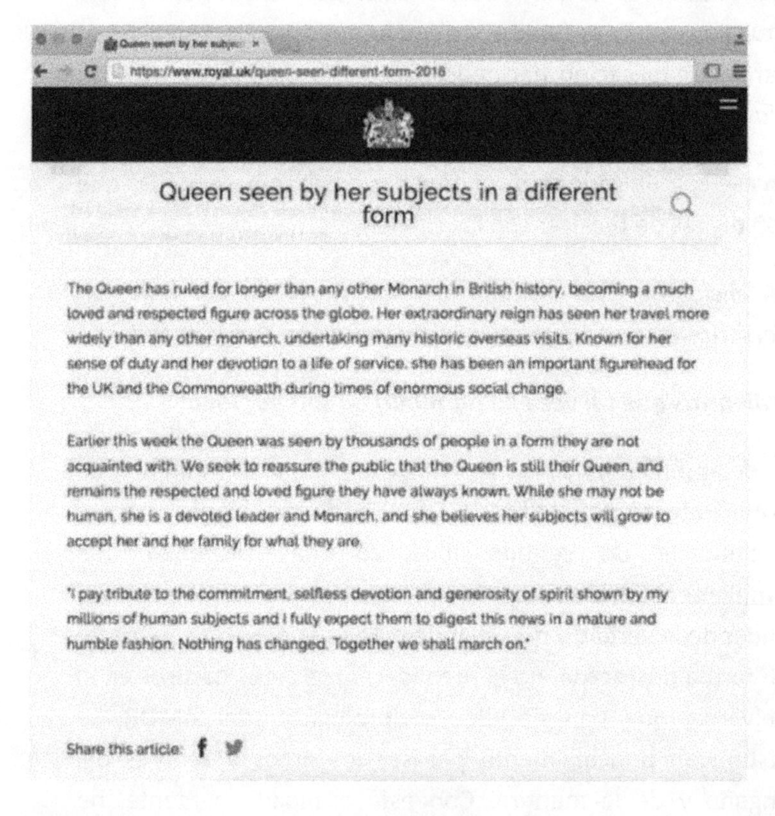

https://www.royal.uk/queen-seen-different-form-2018

Queen seen by her subjects in a different form

The Queen has ruled for longer than any other Monarch in British history, becoming a much loved and respected figure across the globe. Her extraordinary reign has seen her travel more widely than any other monarch, undertaking many historic overseas visits. Known for her sense of duty and her devotion to a life of service, she has been an important figurehead for the UK and the Commonwealth during times of enormous social change.

Earlier this week the Queen was seen by thousands of people in a form they are not acquainted with. We seek to reassure the public that the Queen is still their Queen, and remains the respected and loved figure they have always known. While she may not be human, she is a devoted leader and Monarch, and she believes her subjects will grow to accept her and her family for what they are.

"I pay tribute to the commitment, selfless devotion and generosity of spirit shown by my millions of human subjects and I fully expect them to digest this news in a mature and humble fashion. Nothing has changed. Together we shall march on."

Share this article:

Ilustración 3

Sería descuidado de nuestra parte olvidar la gran variedad de seres de los cuales se tiene registro dentro del fenómeno ovni; decenas de seres todos diferentes en apariencia y me atrevo a decir que en personalidad también. Al igual que en los humanos, podríamos encontrar al ***EXTRATERRESTRE*** bromista, al bien intencionado, al ladrón, al mentiroso, al protector y la lista se hace infinita. Nadie nos puede negar la posibilidad de que algunos seres, con la mera intención de pasar el rato se *"disfracen"* de ***EXTRATERRESTRES*** amables, se hagan presentes ante ciertos humanos y les compartan mensajes increíbles o incluso de corte apocalíptico solo para ver la reacción de estos supuestos contactados e ir todo el camino de regreso a casa dentro de aquellas naves, doblándose de risa evidenciando la ingenuidad de la raza humana. Quien tenga el valor y las evidencias para desmentir lo que acabo de plantear, que lo haga, mis redes de contacto son bien conocidas.

No puedo entender cómo es posible que estas supuestas entidades bondadosas que contactan a algunos humanos, muchas de las veces compartan mensajes trágicos o apocalípticos. Como todos nosotros ya sabemos:

"Solo podemos dar y compartir lo que llevamos dentro"

De acuerdo a esto, si un ser se presenta frente a mí (independientemente de su aspecto físico) y dentro de su discurso me empieza a compartir mensajes, ideas, conceptos o supuestas predicciones que van a generar en mí miedo y sentimientos de angustia; sería iluso considerar que ese ser no humano tenga buenas intenciones para conmigo. Esto lo digo plenamente consciente y para ello me apoyo en los muchos casos del fenómeno ovni que he tenido la oportunidad de analizar e incluso de vivir en carne propia. He podido ver que tanto los *Seres de Luz* como los seres oscuros lo que menos hacen es hablar; no pierden el tiempo advirtiendo de desgracias, enfermedades o infortunios, por el contrario, ponen manos a la obra ya sea para generar desgracias o para contrarrestarlas, dependiendo de las intenciones de cada raza, entendamos que alardear y amenazar son actitudes muy humanas. Así tenemos evidencias y testigos de grandes naves descendiendo al cráter de algún volcán activo en el mundo para que pocas horas después, como por arte de magia, su actividad se reduzca al mínimo y del mismo modo encontramos en diversos países a cientos de afectados quienes han reportado la presencia de naves que roban (no sé si decir "abducen" sería correcto) su ganado vivo para devolverlo muerto y sin una gota de sangre.

Por estas razones es que constantemente advierto a los interesados en estos temas que tengan mucho cuidado de creer en esos *supuestos* mensajes de luz, que comparten *supuestas* razas bondadosas y que eviten ser una víctima más de estafa a la que le roban cuantiosas sumas de dinero a cambio de escuchar esas revelaciones compartidas por seres del espacio o por asistir a talleres donde se te enseñarán supuestas técnicas traídas desde una galaxia lejana que te garantizan sanar de cuerpo y alma.

Mucho de lo que a través de mis libros comparto, también lo hago en mis redes sociales. No necesitabas comprar este libro para enterarte de todo lo que aquí te develo; no apruebo que aquellos que se dicen contactados y peor aún, por supuestos *Seres de Luz*, tengan el descaro de lucrar con esos falsos mensajes que hacen públicos por distintos foros de un país o del mundo. Es de lógica y de sentido común, pero lamentablemente el sentido común ha dejado de ser el más común de los sentidos, deducir que ningún verdadero ***Maestro de Luz*** le permitirá a su contactado obtener beneficios personales a partir de lo que él le está compartiendo sin costo[10] o condición alguna. Porque así es; un verdadero **SER DE LUZ** ***nunca*** te pedirá algo a cambio de información, o de un consejo o de un favor, porque aunque no lo creas ¡no son mercaderes!

Dentro de la casuística ovni proliferan los casos de supuestos *Seres de Luz* que a cambio de ciertos favores, estos prometen compartir secretos tecnológicos, futuristas o existenciales con sus contactados. Podemos encontrar situaciones extremas en donde incluso esos seres les han ordenado a sus contactados la construcción de pirámides y no me estoy remontando al antiguo Egipto o la cultura Maya; sino a un peculiar caso que se suscitó apenas hace unos años atrás al norte de la República

---

[10] Esta situación la encontramos en el caso de "*El Doctor Torralba*" descrito detalladamente por el Maestro Salvador Freixedo en su libro "***La Granja Humana***"

Mexicana (*Ilustración 4*). Ese tipo de favores o tributos, que incluso esos seres llegan a exigir, son de toda clase y literalmente van desde favores sexuales hasta el sacrificio de tu primogénito, tal y como lo podemos encontrar en la biblia en ese pasaje (Génesis 22) donde YAHAVE le ordenó a Abraham entregar en sacrificio a su único hijo, Isacc.

Ilustración 4 (Pirámide de Pozuelos, Coahuila México)

A pesar de que el sacrificio se detuvo en el último momento, desde mi parecer, para ser una broma de YAHAVE resultó ser muy pesada, como una prueba para Abraham resultó ser innecesaria y por donde se quiera justificar esa petición del dios hebreo, nos resultará casi imposible hacerlo.

Es verdaderamente difícil ahondar en estos contenidos y mantenerse al margen de las religiones, pero al ver las actitudes que presentan muchos de esos seres extraterrestres es imposible no relacionarlos con algunos de esos supuestos dioses que se han presentado ante el hombre en distintas etapas de la historia. La muerte, el engaño, la sangre, los tributos, las ofrendas y los sacrificios han sido y son el pilar de todas las religiones practicadas por el hombre y curiosamente todas esas circunstancias también están muy presentes en el fenómeno onvi y ***EXTRATRERRESTRE***.

Para aquellos interesados en el tema de como las religiones y el fenómeno ovni se relacionan de modos sorprendentes les recomiendo el libro de Salvador Freixedo "**DEFENDÁMONOS DE LOS DIOSES**" donde de una manera magistral, el maestro Freixedo detalla todas esas "*coincidencias*" que podemos encontrar entre esos dioses con minúscula y ciertas entidades oscuras de origen no humano. Ahora entiendo a todos esos sacerdotes que a gritos y empujones me sacaron de sus *"sagrados"* recintos; posiblemente se estaban vengando por adelantado o algún ser los contactó y les advirtió del tremendo disidente religioso en que me iba a convertir.

Puntualizando, un auténtico **SER DE LUZ** no te pedirá ni un vaso de agua, pero si será capaz de sanarte de una enfermedad grave o te llevará en su nave a dar un paseo por lugares que nunca creíste visitar en tu vida. Los *Seres de Luz* existen al igual que los seres hostiles y en medio de ambos, podemos encontrar una amplia gama de personalidades entre esos seres de origen no humano.

Los seres benévolos andan por ahí, haciendo el bien sin mirar a quien, lejos del reconocimiento público y de los aplausos de los grandes escenarios, sin esperar ni pedir nada a cambio y los seres oscuros, por su naturaleza egoísta, les encanta entremezclarse con los humanos, burlarse de ellos, engañarlos, gastarles bromas excesivamente crueles; pero su especialidad es hacernos creer por todos los medios y hasta el cansancio que lo seres humanos son los protagonistas de todas las historias, que tienen el control y que el universo entero gira entorno a ellos. También los seres hostiles nos tratan de convencer que ellos son buenos y que si llevan años jodiendo nuestra existencia, es porque se preocupan por nosotros y que conste que en ningún momento hice mención de los políticos ni de los dirigentes de las religiones, eso lo pensaste tú mientras leías debido a que eres un hijo mal agradecido de este sistema, el cual sólo te procura y quiere verte sano y feliz.

Pasemos al siguiente capítulo, que de la política me han hecho jurar ya no hablar más, al menos no en mis libros.

YO Y MI ENTORNO

Antes de comenzar este compendió de relatos personales, sería un tanto desagradecido de mi parte el no reconocer la gran labor a la que mis padres se enfrentaron al tratar de formarme y educarme, con esto no estoy dando a entender que fui un niño conflictivo, malcriado o impertinente, más bien estoy pensando en todas esas situaciones fuera de lo común a las cuales expuse a mis padres, eventos que casi siempre involucraban a seres poco convencionales, fenómenos extraños dignos de un libro de ciencia ficción o en el mejor de los casos, emociones difíciles de aterrizar dentro de ese limitado espectro que el ser humano conoce. Todavía recuerdo el rostro de mi madre al tratar de darme una explicación de algunas de esas experiencias meramente ***PARANORMALES*** por las que atravesé desde muy corta edad y para ser sinceros, no sé lo que hubiera hecho yo en su lugar.

Considero importante plantear parte del contexto familiar y social que me acompañó durante mis primeros años de vida para que de ese modo se puedan entender de una mejor manera esas experiencias personales de índole ***EXTRATERRESTRE*** que dieron origen a este texto. De ese modo, empezaré diciendo que ni mis padres, ni mis maestros podrán expresar queja alguna acerca de mi conducta de cuando fui niño, siempre me trataba de conducir dentro del marco de las buenas costumbres, el respeto y el más puro sentido común; así dentro del salón de clases, mientras mis compañeritos jugaban a golpearse, rompían o rayaban sus cuadernos de tareas, robaban el almuerzo de su humilde servidor mientras trataban de evadir el ojo vigilante de las autoridades escolares, yo disfrutaba al permanecer sentado en mi pupitre tratando de entender alguna situación escolar, adelantando hojas en mis libros de trabajo, organizando mi mochila y muchas de las veces, tratando de entender la verdadera raíz del comportamiento de aquellos que me rodeaban.

Como puedes imaginarte mis notas escolares eran impecables, entregaba las tareas en tiempo y forma, participaba en concursos escolares a nivel zonal de los cuales la mayoría de las veces resultaba vencedor, total, era lo que se conoce como el alumno ideal o lo que seguramente estás pensando, un *nerd* o *ñoño* en toda la extensión de la palabra.

Ante extraños me conducía siempre con respeto, era muy cuidadoso de no transgredir esa delicada línea de conducta que podría malinterpretarse como confianza en los demás; en casas ajenas procuraba no generar situaciones conflicto y por el contrario, si podía ayudar a dar solución a un problema, lo hacía. Por otro lado, en mi casa la situación era un poco más relajada pero no del todo, obviamente al crecer en una familia donde mi madre sentía toda la responsabilidad de entregar cuentas de la educación de los hijos a ese padre juez y verdugo que todo el tiempo se encontraba ausente, pues su actitud la mayoría del tiempo era de angustia, lo que se traducía en un régimen poco menos que militarizado en donde las faltas se castigaban cruelmente con una serie de torturas y golpes desmedidos para un niño de esa edad, esto dicho no a modo de queja sino de dato informativo, además recordemos que Dios Creador no nos coloca ante situaciones que no fuéramos capaces de enfrentar.

Mis primeros días de escuela fueron una tortura que todavía recuerdo con dolor y pesar; mi madre al tratar de ingresarme a la educación preescolar se encontró con un grave problema, mi actitud de rechazo total ante esa costumbre, que hasta hoy día no puedo entender ni justificar, de reunir a un grupo de infantes para adoctrinarlos a este modo de vida actual. Mis primeros días en el kínder transcurrieron empapados en llanto y exigiendo a gritos una explicación de por qué me debía apartar de mi casa y mi familia para llevar a cabo una actividad que no me resultaba atractiva ni provechosa.

Tanto el personal de la escuela como mis padres se cansaron de esa situación y desistieron por algún tiempo de llevarme en contra de mi voluntad a la escuela; hecho que no me representó contratiempo alguno ya que a esa edad ya sabía leer, escribir y hacer operaciones matemáticas básicas sin dificultad. Pero como es bien sabido, los buenos tiempos no pueden durar por siempre y más temprano que tarde tuve que enfrentarme de nueva cuenta a ese enemigo jurado con el cual nunca pude encontrar una tregua, me refiero a la escuela.

Como ya mencione, esos 6 años de primaria transcurrieron con rapidez, dentro de una rutina perfectamente establecida y que se cumplía a rajatabla todos y cada uno de mis días:

Desde muy temprano despertar, tomar un baño, vestirse, asistir al colegio, al estar en casa de vuelta, hacer tarea y estudiar todo el resto del día mientras hubiera luz solar, proceso que solamente se interrumpía por 1 hora debido a los alimentos y una vez terminadas mis labores escolares me disponía a dormir para al siguiente día vivir la misma gran aventura. Ver la televisión no era algo común en mis días de infancia, mis más grandes actividades recreativas eran dibujar, resolver crucigramas, armar rompecabezas y ya cuando mi hermana contó con edad suficiente, jugar con ella mientras inventábamos historias increíbles haciendo uso de mis o sus juguetes.

La situación económica en casa no era despreocupada, cabe aclarar que nunca faltaba el alimento ni los útiles escolares, pero no se podía contar con algo que no representara una necesidad básica para la vida; entonces en lo que respecta a juguetes, paseos, visitas al cine, al teatro, museos, películas en BETA o VHS, videojuegos o algún otro lujo que yo entendía como propio sólo de las clases acomodadas, estaban completamente ausentes de mi entorno. Durante varios años de mi infancia mi familia y yo dormíamos todos en una sola cama matrimonial que se encontraba dentro de un cuarto multiusos que fungía como sala, cocina, comedor, recámara y salón de estudio, esto no fue a consecuencia de la falta de espacio sino de una situación bastante ilógica e incongruente. Este cuarto en el cual transcurrió buena parte de mi infancia era solo uno de muchos en una casa que contaba con aproximadamente 500 metros cuadrados construidos pero no terminados y así permaneció por más de 30 años.

La falta de solvencia económica no limitaba mi creatividad ni mis ganas por conocer y entender las cosas, una costumbre que me acarreó varios problemas y al mismo tiempo mucho aprendizaje fue el desarmar casi todo objeto electrónico que caía en mis manos, me maravillaba con su funcionamiento, con sus componentes y sabemos de sobra que desarmar es bastante sencillo, el reto se presentaba al momento de rearmar el aparato sin que sobraran tornillos o piezas. El arte, las ciencias, la música y el deporte estuvieron presentes en mi infancia casi de manera accidental y marcaron de manera importante mi desarrollo.

Hablando de temas trascendentes, en mi familia como en casi todas existió y persiste esa confusión entre la evolución espiritual, religión, costumbres y la existencia de Dios Creador. Mi madre de creencias católicas trataba de vivir su fe de un modo que poco se apegaba a las exigencias reales de esa religión, para ella lo importante era ser buena persona, evitar hacer el mal y apegarse lo más posible a esos diez famosos mandamientos; pero situaciones como asistir a misa, confesarse, comulgar o cumplir con los demás sacramentos carecían de importancia para ella y del mismo modo trató de guiarnos en este sentido a mis hermanos y a mí, estableciendo así la creencia firme en un Dios Creador, pero de naturaleza recelosa, un tanto voluble, vengativo al cual debíamos de temer.

Mi padre por su parte se ha distinguido por una clara confusión ante estos temas, aparentemente aferrando su existencia a doctrinas superficiales y banales como lo es el estudio de las ciencias exactas; ha entendido el sentido de la vida a través del resultado de una ecuación, la comprobación de la misma y el número de ceros que existan en tu cheque quincenal resultado de tu arduo trabajo, así pues, conceptos tan avanzados como el **AMOR** o Dios mismo simplemente parecen no existir para él. Esto no es resultado del azar ni una decisión personal que mi padre tomó en algún momento de su vida, más bien es consecuencia de sus experiencias de vida; al haber crecido con una madre de creencias espirituales dispersas y un padre que acarreaba costumbres de origen poco claro y que incluso se involucró con esa conocida logia de la masonería.

Muchas veces mis preguntas, inquietudes y planteamientos espirituales no solo superaban la capacidad de respuesta de mis padres, sino también la de los autonombrados expertos representantes de dios en este mundo; así me convertí sin querer en un dolor de cabeza tanto para sacerdotes de la iglesia católica como para rabinos de la comunidad judía.

Aquí debo de hacer una confesión que nos ayudará a comprender algunos de los pasajes que se presentan en este libro; sin importar las veces que mis abuelas trataron de convencerme de la infinita sed de venganza y ánimos de castigar a su creación por parte de ese dios en el que ellas creían, desde muy pequeño sentía correr la maldad dentro de mi ser. A lo largo del camino de mi vida he entendido que el verdadero mal radica *no en ejecutar la acción directa en contra de alguien más, sino en ser el autor intelectual de ese acto vil*; en otras palabras: el verdadero villano nunca se mancha las manos y como muestra de esto solo tenemos que voltear a ver a todos aquellos entes de naturaleza luciferina que han gobernado a México por más de 100 años. De algún modo tenía la habilidad nata de elaborar complicadas estrategias para manipular a otras personas y así saciar esa necesidad imperiosa (aparentemente inexplicable) de humillar a mis semejantes. Estas ideas negativas tomaban cause y se hacían manifiestas, nunca en forma explícitamente violenta, sino de un modo muy pensado, estructurado y sutil, pero a final de cuentas malévolo. Como ya lo mencione, al igual que los seres más oscuros de la creación, mi tarea no consistía en ejecutar, sino en pensar el modo para dar la instrucción y que otros se arriesgaran y se mancharan las manos por mí.

Así se presentaron en mi vida una serie de acontecimientos oscuros de los cuales no me enorgullezco pero tampoco me arrepiento porque gracias a esos pasajes es que llegué a ser el Enrique de la actualidad.

Desde humillaciones a mis compañeros y maestros a partir de una supuesta superioridad intelectual hasta elaborados robos y fraudes a grandes centros comerciales pesan en mí andar como delincuente infantil. Realmente no había nada ni nadie capaz de disuadirme de llevar a cabo mis actos de maldad, ni mis padres (a pesar de sus castigos físicos sumamente exagerados) ni ese temor a dios que tanto mi madre como autoridades religiosas y mis abuelas trataron en vano de inculcarme y si hablamos de las leyes del hombre, fue algo de lo que me burlaba y descaradamente buscaba ridiculizar; así que tres policías uniformados haciendo guardia en la salida de un supermercado no representaban para mí un contratiempo, sino un reto interesante.

Como puedes ver mi infancia estuvo llena de contrastes donde por un lado, se me podía considerar como el alumno e hijo perfecto al mismo tiempo que buscaba desarrollar mis habilidades al máximo y por otro, donde esas capacidades que me distinguieron desde pequeño fueron las herramientas que me servían para hacer el mal; todo un lobo con disfraz de oveja.

Al llegar la adolescencia las cosas poco cambiaron, continuaba con esa inquietud por conocer, entender y saber más, al mismo tiempo que seguía buscando el modo de acentuar mi supuesta superioridad auto-otorgada ante aquellos que me rodeaban. Para cuando ingresé a la secundaria ya contábamos mi hermana y yo con una habitación aparte de mis padres, donde unas literas y un closet lleno de libros y enciclopedias marcaban los límites de nuestro territorio donde podíamos jugar, descansar, dormir y al igual que todos los hermanos, pelear.

La secundaria fue la etapa escolar más divertida para mí, donde conocí a muchos amigos, donde tuve interacción con el sexo opuesto más allá de una simple amistad, donde me burlaba abiertamente de los maestros, pero por ser uno de los mejores alumnos que había pisado esa pequeña escuela, se veían imposibilitados para reprobarme, en resumen; la secundaria fue ese espacio donde me sentí el amo y señor. En esta etapa fue donde por primera vez tuve contacto de una manera más seria y comprometida con el deporte, practiqué basquetbol, natación, karate y hasta futbol, pero cuando sentí lo que era tener una mancuerna entre las manos ya no pude abandonar el entrenamiento de fuerza y creo que nunca lo haré. En el entrenamiento físico de resistencia encontré una manera práctica de superarme día a día, donde solo yo era el rival a vencer; haciendo de lado esa necesidad aparentemente inexplicable de humillar a mis compañeros. Esto no lo pude experimentar con las labores escolares porque resultaban increíblemente sencillas para mí.

Al término de la secundaria, con aproximadamente 14 o 15 años de edad se dio otro cambio en casa; nuestro padres nos asignaron habitaciones separadas a mi hermana y a mí, entonces yo permanecí en ese cuarto bien iluminado gracias a esas dos grandes ventanas con las que contaba y mi hermana se mudó a otra ala de la casa que no estaba tan cómoda como mi dormitorio, aquí debo aclarar que nadie nos dio a elegir ni consideraron nuestra opinión para este cambio. En la preparatoria ya se definió de manera clara mi actitud ante el resto del mundo; me inscribieron sin tomar en cuenta mi opinión, por órdenes de la directora de la secundaria a la que asistí, en una de esas escuelas de lineamientos hipócritas, donde las mensualidades son tan elevadas como el ego de la mayoría de los que conforman esa comunidad escolar y me refiero tanto a alumnos como a maestros. Las diferencias en nivel socioeconómico eran muy marcadas entre mis compañeros de clase y yo, esto no me permitió convivir de una manera cómoda y fluida con ellos, por tanto no me tomó mucho tiempo antes de entender que lo mejor que podía hacer era encerrarme en mi mundo; donde el estudio, el deporte y el entendimiento de la conducta humana se convirtieron en el eje de mi existencia.

No tuve ni conservo ningún amigo de la preparatoria y esto en parte fue bueno, porque al estar la mayor parte del tiempo sólo, podía enfocarme a todo aquello que me rodeaba, esto incluye por supuesto fenómenos aparentemente inexplicables tanto a nivel de piso como en el cielo. No serviría de nada compartir detalles de mi vida personal tras haber ingresado a la primera de muchas universidades en las que estudié, para poder entender los fenómenos que estoy a punto de compartirte.

Las experiencias que a continuación te presento fueron ordenadas cronológicamente ya que sería imposible hacerlo por importancia o nivel de impacto que tuvieron en mí; ya que todas han sido y son una pieza importante de este complejo rompecabezas en el que me he convertido. Te sugiero recordar los datos presentados en esta pequeña autobiografía para enriquecer las siguientes narraciones.

CASOS PERSONALES DE CONTACTOS EXTRATERRESTRES

CONTACTO CON EL *"GRAN MAESTRO"*

Quienes verdaderamente me conocen saben que nunca me ha gustado correr riesgos innecesarios o absurdos, sobre todo a nivel físico, esto nos debe dejar muy en claro la marcada diferencia entre ser miedoso y precavido. No puedo considerarme como una persona miedosa, más siempre he vivido atento a los posibles peligros que pudieran romper esa armonía y seguridad de la cual generalmente me ha gustado rodearme; incluso cuando llegué a delinquir de niño, buscaba siempre la manera más segura y en donde comprometiera menos mi integridad. Nunca gusté de ir a ferias o parques de diversiones, ni de subirme a juegos mecánicos donde de un modo completamente estúpido sometes a tu cuerpo a fuerzas extremas que pueden llegar a producir un dolor de cuello en el menor de los casos.

Así pues, esa ha sido mi manera de vivir, evitando situaciones peligrosas y evadiendo otras en donde no me siento cómodo o bajo control. Lamentablemente esto no lo podía llevar a cabo al pie de la letra en mi infancia debido a las imposiciones de mis padres en esa época, su palabra era la última y no había modo de debatir ni mucho menos de manifestar inconformidad alguna antes de perder uno o dos dientes en el intento y como una muestra de esa "*dictadura*" tenemos los 2 años donde tuve que estudiar karate y a pesar de no ser de mi agrado no me pude rehusar. No cabe duda que el modo de educar a los niños ha cambiado mucho en los últimos 20 años.

En aquel cuarto multiusos donde pasé la primera etapa de mi infancia se podían contar pocos muebles, entre ellos: cuatro sillas y una mesa donde se hacían las tareas escolares y tomábamos los alimentos, otro alto con cajones donde se doblaba algo de ropa, un ropero y ese mueble que me resultó incómodo por muchos años que era la cama donde dormía toda mi familia. Una cama de fierro, de esas antiguas con un compartimiento en los pies para guardar las cobijas y una cabecera, también de fierro con un estilo muy barroco, llena de salientes y formas caprichosas junto con unas placas de cristal que se iluminaban y en el centro de todo esto una imagen del **MAESTRO JESÚS** que de verdad me resultaba incómoda.

Debo aclarar que la imagen no era grotesca, ni mostraba sangre, ni el típico rostro de sufrimiento del **MAESTRO JESÚS** que tanto insisten en popularizar; simplemente era la imagen que se conoce como *El Sagrado Corazón*, sin embargo había algo en esa ilustración que me robaba la tranquilidad y muchas noches de sueño. Simplemente no podíamos existir en la misma casa esa imagen y yo, verla me hacía sentir escalofríos y empezar a padecer una serie de sensaciones físicas que eran realmente molestas. Todas las veces que por accidente mi vista se cruzaba con esa imagen tenía la sensación de que en algún momento iba a cobrar vida y empezaría a hablarme y por algún motivo yo presentía que sus palabras no me iban a resultar del todo gratas.

Así transcurrieron pocos años después de que ese molesto mueble con esa cabecera insufrible apareciera en mi vida, hasta que una noche las cosas empezaron a tomar un curso completamente insospechado. Todo parecía normal, mi padre como de costumbre había llegado tarde del trabajo, cenamos, comentamos un poco de nuestro día y nos disponíamos a dormir, esa noche había algo en aquella habitación que me inquietaba más de lo habitual. Yo me dormía hasta la orilla de esa cama matrimonial a un lado de mi padre.

Nunca bajo ninguna circunstancia me atrevía a dar la espalda al vacío, siempre procuraba dormir con la espalda hacía la parte interna de la cama (entiéndase como una precaución). Pasaron como 20 minutos después de habernos dicho buenas noches y mi inquietud y malestar cada vez eran mayores, no sabía el motivo, sin embargo algo me impedía dormir y me mantenía en alerta máxima. Para entonces mis padres y mi hermana ya habían conciliado el sueño y lo que predominaba en el ambiente eran sus ronquidos a modo de una desencajada melodía. De pronto traté de hacer un intento por ser racional, encontrar la causa de mi malestar y lo primero que vino a mi mente fue esa *incómoda* imagen del **MAESTRO JESÚS** en la cabecera de la cama. De ese modo tomé todo el valor necesario y volteé la cabeza, tratando de esquivar la de mi padre, para poder mirar esa imagen y cuando por fin logré ubicar mis ojos en el centro de aquella cabecera, me di cuenta que la imagen ***no estaba ahí***, solo se podía ver un espacio en blanco, como si alguien hubiera borrado la impresión del papel. Consternado, pero al mismo tiempo satisfecho, retomé mi posición inicial para dormir y traté de no darle mucha importancia a lo que estaba ocurriendo esa noche; de pronto un escalofrío muy característico empezó a recorrer mi espalda justamente por toda la columna, una sensación que de sólo recordarla me genera inquietud. Las manos me empezaron a sudar y sentí un aumento en la temperatura de aquella habitación, rápidamente volteé a ver a mis padres y me percaté que seguían profundamente dormidos, mi respiración se aceleró y esa sensación en mi espalda me obligó a arquearla una y otra vez y en medio de toda esta experiencia empecé a notar un punto de luz al pie de la cama, justo donde yo estaba pero a nivel del piso, mi curiosidad me obligó a seguir mirando ese destello de luz que poco a poco fue creciendo en tamaño e intensidad para darme cuenta, después de unos segundos, que esa luz empezó a tomar la forma exacta de la imagen que minutos antes había desaparecido de la cabecera de la cama.

Así es, la imagen del **MAESTRO JESÚS** en algo que actualmente podríamos entender como un *"holograma"* yacía ahí a un lado mío y yo paralizado de miedo[11] sin poder hacer nada al respecto. Quise gritar, sacudirme o moverme hacía el centro de la cama pero todo intento fue inútil. Fue entonces que esa manifestación del **MAESTRO JESÚS** de apariencia

[11] Desde pequeño había tenido la idea de que el miedo extremo era capaz de paralizar mi cuerpo o entorpecer mis movimientos. Incluso después de mi primer intento de abducción seguía firme en esa creencia por desconocimiento del tema.

tridimensional y de no más de 40 centímetro de altura, me empezó a hablar, dijo:

"Ven a mí, acércate. No tengas miedo"

Curioso que mencionara la palabra miedo, ya que era lo único que podía sentir ante esa experiencia totalmente fuera de lo que podríamos considerar *normal*. A la fecha puedo recordar sus palabras (hecho que no considero una gran hazaña debido a que estos encuentros se repitieron muchas veces a lo largo de varios años) y debo decir que el mensaje del **GRAN MAESTRO** básicamente siempre fue el mismo. (*Ilustración 5*)

Ilustración 5

Este encuentro tuvo una duración aproximada de 5 minutos, durante los cuales permanecí completamente consciente, despierto y muy alerta de mi entorno; así que para todos aquellos que a lo largo de los años han tratado de convencerme de que esa experiencia fue un sueño o una alucinación, debo de decirles que no todos vivimos ajenos a lo que nos acontece y aclarar que ser niño no es sinónimo de ser idiota. Transcurridos esos 5 minutos que se sintieron como 5 horas, aquella imagen empezó a perder luminosidad para finalmente desaparecer por completo. Recuperé entonces mi movilidad y mi respiración y ritmo cardiaco se fueron estabilizando poco a poco y tras un movimiento mal calculado me caí de la cama. Tumbado en el suelo empapado de sudor sabía que lo peor de esta experiencia estaba aún por venir; me empecé a preguntar miles de cosas entre ellas:

¿Quién creerá lo que me acaba de pasar?

A partir de esta experiencia debí haber entendido que cuando vives fenómenos inexplicables o fuera de lo normal, por lo general siempre te encuentras solo, durante y después del fenómeno; lástima que nadie me hizo esa aclaración en aquel tiempo, porque sentía una urgencia por compartir mi historia, que me escucharan y mejor aún, que me creyeran. Como es de suponerse a la primer persona que le conté lo sucedido fue a mi madre, quien no creyó por completo mi historia, pero tampoco mostró ese rechazo contundente que recibí de la mayoría de las personas que se enteraban del anécdota y eso para mí ya fue más de lo esperado. Tras esta primera experiencia empecé a plantearme preguntas muy profundas y trascedentes considerando que no contaba con más de 6 años de edad.

- *¿Quién era ese señor de pelo largo?*
- *¿Qué quería de mi persona?*
- *¿Por qué me daba tanto miedo?*
- *¿Realmente sería este señor Dios?*
- *¿La cama habrá estado embrujada?*

Las preguntas que aparecían ante mi eran muchas y las respuestas recibidas cada vez eran menos y poco convincentes. Más allá de encontrar respuestas a mis dudas y planteamientos había un aspecto que me preocupaba más:

¿Y si el señor de pelo largo se me vuelve a aparecer?

No tuve que esperar mucho para encontrar respuesta a esa pregunta porque tan sólo unas semanas después de la primera experiencia, se presentó otra muy similar y posteriormente una tercera. Después de esa tercera manifestación del **MAESTRO JESÚS** mis noches ya se habían convertido literalmente en un calvario y estaba decidido a poner fin a esta situación, de una u otra manera. Una tarde, con mis padres fuera de casa, tomé un utensilio de cocina de entre los trastes y me dispuse a desaparecer de la faz de la tierra esa imagen en la cabecera de la cama, que tanto dolor y confusión había traído a mi vida y la cual, según pensaba, era la responsable de esas extrañas experiencias. Sabía que el castigo al que me iba a ser acreedor sería terrorífico, pero cualquier cosa valdría la pena con tal de recuperar la paz perdida. Solo me tomó unos minutos en romper el vidrio que protegía aquella imagen, recuerdo que no tuve el valor de romperla, por lo que me limité a doblarla en 3 partes y la guardé entre las páginas de alguno de tantos libros que había en la casa.

Una vez hecho esto esperaba con ansia la hora de dormir para comprobar que ya no debía de preocuparme nunca más por las escalofriantes apariciones de nuestro amigo barbado. Días después de aquella aparente victoria y tras haber enfrentado aquella tunda magistral de mis padres, el **MAESTRO JESÚS** se siguió haciendo presente pero de una manera más sutil y aún más difícil de comprobar.

A partir de aquí, sus visitas fueron más espaciadas, con mensajes más variados (de los cuales debo reconocer que no recuerdo algunos) pero ya no se mostró en forma física como un *"holograma"*, ahora se anunciaba cuando yo estaba plenamente consciente y despierto, para inmediatamente después, de algún modo, inducirme un sueño profundo y así poder interactuar con Él en sueños. Estos encuentros seguían generando en mí esos malestares ya conocidos liderados por aquella insoportable sensación sobre mi columna vertebral; sudor frio, respiración acelerada y agitación generalizada que formaban parte de ese cuadro físico y psicológico al cual, por más que intenté acostumbrarme, nunca lo logré.

Tal parece que estuviera describiendo los síntomas comunes de un ataque de pánico, consecuencia de una gran ansiedad, pero aquella voz en mi cabeza que me decía claramente:

"Yo soy"

Y esa molestia en mi espalda me siguen confirmando que era algo más que simple ansiedad en un niño de 7 años y no, no me refiero a esquizofrenia por si lo estabas suponiendo.

Estas experiencias se volvieron algo casi normal dentro de mi vida; esperar a que en una noche cualquiera ese señor vestido con una toga blanca se anunciara y caer en ese preciso instante profundamente *"dormido"* para poder entrar en contacto con Él fue algo de lo que ya poco quería hablar con alguien. Con una frecuencia aproximada de una vez por semana me familiaricé con su rostro, su voz, su vestimenta y en general con su imagen, pero sobretodo con esa energía tan intensa que emana de Él; no lo podía considerar como a un enemigo porque a lo largo de todos nuestros encuentros no me había infringido ningún daño y al mismo tiempo tampoco podía considerarlo un amigo, ya que en su presencia no podía experimentar otra cosa más que miedo e incomodidad.

La última vez que de niño tuve contacto con el **MAESTRO JESÚS** fue en una de esas experiencias; la cual recuerdo perfectamente porque fue crucial para los años venideros. Esa noche como todas, mi familia ya estaba dispuesta a dormir y yo con la expectativa al máximo; mis padres y mi hermana cayeron dormidos y fue entonces que nuestro amigo y protagonista de esta narración se anunció para unos segundos después hacerse presente.

Con los ojos bien abiertos sin intención alguna de perder la consciencia escuche de pronto esa voz que me decía: *"**Yo soy**"* y de manera inesperada caí profundamente dormido. En aquel "*sueño*" había algo distinto a los anteriores, donde el escenario nunca fue algo digno de tomar en cuenta, pero en esta ocasión nos encontrábamos el **MAESTRO JESÚS** y yo de pie al lado de una alberca dentro de un jardín, como si estuviéramos en alguna casa de campo, con árboles frutales y se podía escuchar el correr de un río no muy lejos de ahí.

Después de reconocer aquél lugar, concentré toda mi atención hacía el **GRAN MAESTRO** y mis molestias físicas no se hicieron esperar. Particularmente esta vez físicamente estábamos más cerca uno del otro y al darme cuenta de esto empecé a caminar para ganar distancia con Él; ante lo cual el **MAESTRO JESÚS** caminaba a mi ritmo tratando de conservar la cercanía, al verme imposibilitado para alejarme de Él, opté por correr, correr alrededor de aquella alberca pensando en la posibilidad de resbalar y caer al agua, sin embargo eso no detuvo mi huida.

Una vez que la alberca se interponía entre nosotros, me detuve y lo miré; de pie completamente erguido, vestido con aquella manta blanca que ajustaba a su cintura con un lazo dorado, con sus brazos cayendo a sus costados, me mostraba las palmas de sus manos y por primera vez detecté en Él un rostro amable (*Ilustración 6*) y ante eso sabía que no tenía más opción que quedarme ahí y escuchar lo que a continuación tenía que decirme. Con una voz firme y segura me dijo:

"***No tengas miedo***"

Ilustración 6

Este mensaje lo interpreté a tan corta edad como si me hubiera pedido no tener miedo de Él; como un agresor que con afán de atrapar a su víctima en medio de la persecución le afirma: *"No te haré daño"*. Está de más aclarar que en ese entonces no creí en su mensaje bajo la consigna de que en explicación no pedida, hay culpabilidad aceptada; a fin de cuentas, si su intención no era hacerme daño estaba de más comunicármelo, pensé. Fue ahí donde cometí uno de los errores, por ignorancia, más graves de mi vida y digo esto considerando las expectativas que uno puede llegar a tener en un niño de apenas 7 años.

Este encuentro había sido distinto a todos los anteriores en muchas cosas, por fin me había atrevido a mirar su rostro de manera directa y sentí calidez y comprensión en su mirada; en esa ocasión dejó de ser un personaje mágico o ficticio y lo consideré casi semejante a mí. De algún modo supe que esa era la oportunidad idónea para tratar de hablar con Él y establecer mi sentir ante aquellas visitas nocturnas que me habían estado robando el sueño por casi 2 años. Recuerdo que después de escuchar su mensaje y tras unos segundos de incomodo silencio, me tiré de rodillas al piso y con mis manos cubriendo mi rostro repetidamente empecé a pedir a gritos:

"Por favor, ya no me molestes, ya no me hagas llorar"

De haber sabido que sólo era cuestión de pedirlo, lo hubiera hecho muchos meses antes. Tras sentir mi aliento ahogado entre lágrimas y gritos desperté extremadamente agitado en posición fetal con mis manos en el rostro y los ojos hinchados de tanto llorar. Esa petición me alejó (al menos físicamente) del **MAESTRO JESÚS** por muchas décadas, dejando sus visitas en mis recuerdos como acontecimientos increíbles, más nunca dudé de su veracidad. Adelantaré que mis experiencias cercanas con el **GRAN MAESTRO** no se limitan solo a mi niñez y fue en el año de 2016 que fui nuevamente visitado por Él, pero esa narración ya compete a otro texto.

Muchas fueron las enseñanzas a través de sus mensajes que el **MAESTRO JESÚS** compartió conmigo cuando yo era niño; tal vez en esa etapa de mi vida no alcancé a entender la importancia de cada palabra que me dirigió, sin embargo; ahora de adulto y comprometido totalmente con el desarrollo espiritual y la búsqueda de verdades, entiendo la grandeza y utilidad de aquél contenido. Si tuviera que elegir uno solo de sus mensajes por importancia y trascendencia tendría que ser el que dice:

"NO TENGAS MIEDO"

Estoy seguro que muchos que siguen el proyecto de ***Verdad Estelar*** conocen la razón de mi elección. El miedo, como ya se detalló en mi libro ***El Modelo Perfecto***, es el concepto que encapsula todo lo malo que puede afectar al ser humano, es la antítesis más explícita del **AMOR**, porque en donde hay **AMOR** no hay cabida para el miedo o dicho de otra manera; el miedo es la ausencia absoluta del **AMOR**. Del miedo se alimentan todos aquellos seres oscuros que hacen daño a otros; el miedo de la víctima es la mayor recompensa para el victimario o criminal.

Desde esta perspectiva, la frase del **MAESTRO JESÚS** no sólo fue un consejo o una sugerencia, no lo dijo refiriéndose a su persona, o sea que no fue una invitación a confiar en él; más bien me estaba compartiendo la fórmula para erradicar las limitantes que aprisionan al ser humano y así ascender a dimensiones superiores de existencia. Ya sé que probablemente para ti, que estás leyendo este libro, esa frase es trillada, un tanto simple y común, pero para ayudarte a hacer consciencia de su importancia, te invito a vivir uno solo de tus días ***SIN MIEDO***.

Verás que es más fácil decirlo que hacerlo y si no tienes ni idea del modo para ponerte a prueba ante esta situación, te reto a que renuncies a tu empleo o dejes de atender tu negocio por un mes. No lo harás y el hilo que dirige esta acción en ti no es otro más que el miedo; miedo a perder clientes, miedo a no encontrar otro trabajo, miedo a no poder pagar las cuentas, miedo a perder todo aquello que estás pagando en plazos y la lista se podría extender por varias decenas de hojas.

Mi propósito principal al dirigir un proyecto como ***Verdad Estelar*** y sacar a la luz textos como este que tienes en tus manos es precisamente el dar a conocer estas verdades, estos valiosos mensajes que de entenderlos y llevarlos a la práctica, podrían ser la pauta para un cambio positivo sin precedentes en tu vida y en la sociedad humana en general.

NOTA ADICIONAL:

*Sé que el título de este libro da a entender que todos los casos que aquí se presentan se refieren exclusivamente a extraterrestres; con la intención de evitar confrontaciones me apegaré a los argumentos más básicos para justificar la presencia del **MAESTRO JESÚS** en estas páginas. Si consideramos lo dicho por el mismo **MAESTRO JESÚS**; Él decía no ser de este mundo:*

Juan 8:23

"Vosotros sois de abajo, yo soy de arriba; vosotros sois de este mundo, yo no soy de este mundo"

Y tomando en cuenta la etimología de la palabra EXTRATERRESTRE:

***EXTRA**: "FUERA DE", **TERRA**: "MUNDO", SUFIJO **ESTRE**: "PROPIO DE"*

*Entonces podemos entender que el **MAESTRO JESÚS** no era de este planeta Tierra, sino de otro externo, lo que lo convierte irremediablemente en "extraterrestre".*

LA MANO PELUDA

Después de haber tenido en mi niñez contacto tan cercano con el **MAESTRO JESÚS** pocas cosas han podido asombrarme desde entonces. Desde esa etapa hasta mi adolescencia se presentaron otras experiencias muy difíciles de explicar, en las cuales lamentablemente no estuvieron presentes *Seres de Luz* o seres benévolos, más bien fueron encuentros con entidades neutrales que al parecer su único propósito era el de dejar en claro su existencia.

Aquí puedo mencionar un hecho bastante extraño que viví junto a otros niños. Tenía aproximadamente 10 años y mi familia estaba celebrando las fiestas de fin de año, en esa ocasión nos invitaron a una casa en la cual nunca antes había estado, al parecer propiedad de unos tíos políticos de un primo cercano. La fiesta iba a un ritmo lento a mi parecer, comparándola con las que mi familia organizaba, de hecho, casi estaba por convertirse en una fiesta aburrida. Al llegar más invitados conforme avanzaba la tarde, más niños se fueron sumando a los juegos. Una vez que fuimos suficientes participantes decidimos dividirnos en dos equipos con la intención de jugar al *escondite* o *las escondidillas* como se le conoce en México. Se establecieron las reglas, se acordó como y quienes íbamos a jugar y así fue que de pronto mi equipo ya corría para buscar el mejor escondite y de ese modo ganar la partida. En esa búsqueda por rincones recónditos y teniendo acceso prácticamente a toda la casa, en un momento del juego mi equipo y yo nos encontramos en la azotea de aquella vivienda, donde recuerdo que tuvimos que caminar entre materiales de construcción, pilas de ladrillos, bultos de cemento, montículos de arena y castillos de concreto que daban soporte a unas bardas de no más de metro y medio de altura; parecía ser el lugar perfecto para practicar *Gotcha* o en este caso, para escondernos del equipo contrario.

En una de esas bardas a medio construir de la azotea decidimos ocultarnos; uno tras de otro los miembros del equipo, tratando de guardar el mayor de los silencios, formamos una fila mientras nos recargábamos en la pared y agachábamos las cabezas. La expectativa en aquella situación nos tenía al borde de la crisis nerviosa y entre susurros, jaloneos y bromas el juego parecía transcurrir con normalidad.

En ese lapso cayó un silencio sepulcral entre nosotros y eso nos hizo fijar más la atención a lo que estaba a punto de ocurrir. En la fila ya se empezaba a manifestar la incomodidad física de mantener aquella postura, el dolor de piernas y de cuello empezaban a convencernos de que tal vez lo mejor era darnos por vencidos en esa ronda del juego. Siendo yo quien estaba al frente de la fila podía escuchar las quejas y lamentos de mis compañeros de juego, cosa que me pareció razonable ya que yo atravesaba por la misma situación. Los lamentos se acompañaban de estiramientos físicos y de un momento a otro empecé a escuchar que aquellos niños decían repetidamente:

"No te me recargues"

Y a modo de efecto domino esa queja que empezó con el último integrante de la fila ya la podía escuchar en el amigo que estaba justamente atrás de mí. A punto de desistir del juego, de pronto siento un peso sobre mi hombro derecho, al mismo tiempo que una fuerte presión, como si quisieran lastimarme con un gran pellizco. Lo primero que se me ocurrió pensar fue que el niño a mis espaldas, por imitar lo que habían estado haciendo los demás compañeros, intentó hacer lo mismo en mí y con su mano empezó a apretarme el hombro. Un tanto fastidiado de aquella situación con desgano propiné un manotazo con la intención de quitarme la mano de aquel niño de encima de mi hombro y vaya que lo logré. Después de hacer eso sentí liberado mi hombro y pude notar, junto con los otros niños, como "***algo***" caía al piso después de habérmelo sacudido. Claramente pudimos distinguir, a pesar de la poca iluminación del lugar, como una ***GRAN MANO*** de color oscuro y cubierta casi por completo de pelo azotó contra el piso.

Ahí volví a vivir esos segundos que se sienten como horas al tratar de dar sentido a lo que acabábamos de presenciar. Una vez en el suelo, la mano salió "*corriendo*" a ocultarse entre los escombros y el material de construcción y contrario a lo que muchos de ustedes pueden imaginar que harían ante esta situación, antes de decir palabra alguna, todos salimos aterrados llamando a nuestros respectivos padres para buscar protección y tal vez una respuesta a lo ocurrido. Una vez abajo en la sala, donde se encontraba la mayoría de los adultos, pude notar que las historias de todos los niños presentes coincidían sin habernos puesto previamente de acuerdo o comentado entre nosotros lo ocurrido, pero independientemente de lo que haya percibido cada uno de los que estuvimos esa noche ahí, yo contaba con la seguridad de que había visto una mano oscura cubierta de pelo moverse de manera autónoma y que reaccionó como un animal ante una posible amenaza. *(Ilustración 7)* Los padres, como era de esperarse, nos confortaron a la vez que hacían su mejor esfuerzo por convencernos de que aquello que nos asustó sólo había sido una araña, mientras que otros se lo atribuyeron a nuestra gran imaginación.

Ilustración 7

Algunos padres con linternas en mano y acompañados de los dueños de la casa, subieron a aquella azotea en busca de *"eso"* que se nos había presentado y al no haber encontrado evidencia alguna de aquella historia, este acontecimiento quedó en el olvido para aquellos que no lo vivieron directamente. Recuerdo que el rango de edad en aquellos niños que jugábamos en esa ocasión era de entre 10 y 13 años; una edad donde ya es muy fácil recordar lo vivido y la posibilidad de confundir una mano con una araña de gran tamaño se reduce al mínimo.

Estoy totalmente convencido que aquello que se postró sobre mi hombro para luego salir huyendo fue una mano enorme, la pude ver directamente y distinguí su forma y características; por otro lado, he tenido ya de adulto la oportunidad de manipular arañas de gran tamaño, tales como tarántulas y ni la más grande se asemeja en peso y volumen a lo que aquella ocasión nos encontramos. Uno de esos niños que compartió esta experiencia es un primo mío muy querido y no tiene mucho tiempo que platicando recordamos este acontecimiento que resulta imposible y difícil de creer para la mayoría de las personas[12].

---

[12] La mejor explicación a este caso es el desmembramiento por parte de un ser con esa capacidad. Tal vez era una mano de biotecnología avanzada que sirve para explorar terrenos desconocidos. Una mano puede proporcionar algo que ninguna otra parte corporal, autonomía de movimiento.

PRIMER ENCUENTRO CON "LOS GRISES"

El término de la escuela secundaria para mi trajo muchos cambios importantes en mi vida; adopté el deporte y la música como parte fundamental de mi formación, la escuela preparatoria a la que me habían inscrito mis padres (sin tomar en cuenta mi opinión, como de costumbre) era religiosa y exclusivamente de varones, los buenos amigos que había hecho en la secundaria estaban por alejarse de manera definitiva de mi vida y los problemas de dinero en casa eran la causa principal de gritos y peleas entre mis padres. La relación con mi hermana no marchaba bien; ambos todo el tiempo con la espada desenvainada y a la menor provocación nos agredíamos sin titubeos.

Por lo general yo estaba en un estado permanente de enfado hacia la vida y no tenía mesura alguna en demostrarlo; solía gritar y quejarme todo el tiempo, en casa, en la escuela, en el club deportivo, con familiares y amigos. Ahora que entiendo un poco más del tema ovni sé que todas esas circunstancias que me rodearon en aquellos años de adolescencia, influyeron de manera determinante para el desarrollo de la experiencia que nos compete en este capítulo. Como lo he dicho muchas veces a través de mis redes sociales y en algunas ponencias: vibrar en frecuencias bajas traerá como consecuencia atraer a seres con el mismo nivel vibratorio, o dicho de otra manera, los estados emocionales negativos (ansiedad, depresión, adicciones, envidia, ira, entre otros) son una invitación abierta a ser abordados por entidades hostiles que solo buscarán parasitarnos, esto es, alimentarse de nosotros mediante la absorción de nuestra energía vital. Por tanto, se entiende que las condiciones generales de vida, por las que entonces atravesaba, eran las idóneas para cumplir con la regla descrita y sólo era cuestión de tiempo para descubrir el tipo de entidades oscuras que estaban a punto de visitarme de un momento a otro.

Y esos seres no se hicieron esperar, ya que una noche durante el verano de 1992 se presentaron de una manera inesperada y este hecho cambiaría mi vida por completo. Recuerdo que había sido un día normal dentro de ese periodo de angustia silenciosa generada por el hecho de que estaba a punto de ingresar a la escuela preparatoria; eran las llamadas "*vacaciones de verano*", pero lejos de disfrutar de esa temporada de ocio y diversión, sólo pasaba las horas y los días enfrascado en los posibles escenarios imaginarios que se presentarían una vez que asistiera a la nueva escuela. Fue una temporada donde no me fue fácil conciliar el sueño, no tenía el apetito acostumbrado que me ha distinguido y en lo único que encontraba un poco de consuelo era en los videojuegos y en la música. Después de haber compartido con mis todavía amigos de la secundaria esa tarde en las calles del barrio, regresé a casa con la intención de olvidarme de mi existencia, ya fuera viendo televisión o jugando mi consola nueva de *GameBoy*. Entré a la casa, subí las escaleras de manera sigilosa tratando de pasar desapercibido para mi madre y que de ese modo no me fuera a encargar alguna tarea, me dirigí a mi habitación; una vez ahí pude notar que las cortinas que cubrían las dos grandes ventanas de mi cuarto no estaban. La limpieza en casa era algo muy normal, los pisos siempre limpios y de igual forma los muebles, la ropa, los trates; cada habitación y cada rincón de aquella casa podía haber cumplido sin problemas los estándares de higiene y asepsia de cualquier quirófano en el hospital más reconocido del mundo y no crean que estoy exagerando. A pesar de eso, por alguna razón las cortinas de la casa no se lavaban tan seguido, pero aquel día corrí con mala suerte y fue la excepción. Y acentúo la cuestión de la mala suerte, porque una de las tantas cosas que podían robarme la tranquilidad en aquellos años era que mi privacidad se viera comprometida. Con esas dos grandes ventanas sin cubrir quedaba completamente expuesto, por un lado a los ojos vigilantes de mis vecinas, quienes tenían una ventana exactamente de frente a la mía y por otro lado a cualquier persona que se encontrara en la calle y quisiera observarme cual animal detrás de la vitrina de un zoológico. Esa situación simplemente me superaba y después de reclamar por varios minutos a mi madre, no encontré más remedio que pasar tiempo en el comedor hasta que la inevitable hora de dormir se acercara.

Conforme pasaban las horas uno a uno los miembros de mi familia ofrecían un "*buenas noches*" y se retiraban a sus respectivas habitaciones, sabía que no podía durar más tiempo sentado ahí en el comedor y la necesidad de descansar mi espalda contra la cama ya no podía ser ignorada. Fue entonces que decidí poner en marcha un plan que aparentaba ser infalible; iría a mi cuarto y para evitar cualquier tipo de espionaje no deseado hacia mi persona, mantendría la luz de la habitación apagada y de ese modo la visibilidad hacía dentro sería mínima o nula. Y así lo hice, sin encender la luz entré a mi habitación, me puse mi ropa de dormir y me escurrí por debajo de las sábanas para por fin ponerme cómodo y poder continuar con lo que estaba haciendo en el comedor; jugar con mi videojuego portátil. (*Ilustración 8*)

Ilustración 8

Tal vez, basándome en la hora de dormir de mis padres que siempre ha sido la misma, era poco más de media noche y la actividad dentro y fuera de la casa se había detenido por completo; mientras, yo había decidido jugar hasta que me dolieran los ojos o los pulgares, porque como ya lo explique, el dormir no era algo común para mí en esos días. Tenía mi almohada recargada en la cabecera, la cual se situaba exactamente bajo la ventana que miraba hacia la habitación de la vecina. Habré jugado por escasos 20 minutos cuando de pronto una luz extremadamente brillante de tonalidad azul entró por esa ventana; era imposible no prestarle atención debido a que me cubría por completo.

Descarte la posibilidad de algún tipo de broma por parte de mi vecina ya que al voltear la cabeza hacia afuera de la ventana puede distinguir que aquella luz provenía no de al lado de la casa, sino de por encima. En este punto ya había establecido que una gran luz brillante muy cegadora estaba flotando a no más de 5 o 7 metros por encima de mi ventana; empecé a deducir lo que aquel objeto luminoso podría ser. Por la cercanía del aeropuerto[13] de la Ciudad de México con la casa de mis padres, era muy común avistar aviones por esa zona, sin embargo tenía que descartar esa posibilidad porque los

---

[13] Muchas veces me he preguntado si los radares del aeropuerto de la Ciudad de México no detectan la presencia de esas naves que constantemente sobrevuelan la zona o en acuerdo con agencias gubernamentales, fingen su no existencia y guardan en secreto esta relevante información.

aviones no pueden (hasta donde yo sé) detener su curso a la mitad de su recorrido. Un helicóptero podría haber sido una opción más viable y creíble, pero no se escuchaba ese ruido tan característico que emiten sus hélices, en cambio se podía percibir un ligero zumbido, como de aire desplazado, parecido al de un ventilador pequeño.

No podía sentir otra cosa más que curiosidad e intriga, me preguntaba constantemente ¿Qué es lo que flota afuera de mi ventana? No tenía ni la más mínima intención de quedarme con la duda y sin pensarlo mucho decidí levantarme, abrir la ventana y acabar con este misterio. Pues todo aquello sólo quedo en intenciones debido a que en el momento que intenté levantarme no pude hacerlo. De algún modo estaba paralizado, imposibilitado para mover alguna parte de mi cuerpo que no fueran mis ojos. (*Ilustración 9*)

La duda se convirtió en desesperación y la desesperación en miedo, no sabía que estaba ocurriendo y esa luz seguía ahí arriba en el cielo iluminándome a través de mi ventana. Tras unos segundos, en lo que mi vista se acostumbró a ese brillo intenso, alcancé a distinguir el contorno de un objeto entre tanta luz; tenía una forma perfectamente circular y a riesgo de equivocarme puedo calcular que medía entre 7 y 10 metros de circunferencia. Aquella luz, que fue la primera en anunciar la presencia del fenómeno, tenía su origen exactamente en el centro de ese *disco volador*.

Pude darme cuenta que esa luz, a pesar de ser increíblemente intensa, no tiene la capacidad de aluzar más allá de la zona donde cae; tal y como si se tratara de alguna especie de láser, el haz de luz se concentra en un área específica y no se dispersa.

Ilustración 9

El miedo se apoderó de mí y lo mejor que se me ocurrió hacer fue gritarles a mis padres, quienes estaban a no más de 3 metros de distancia profundamente dormidos en su habitación, me cansé de intentarlo y no pude articular palabra alguna; ahí entendí que lo mejor y lo único que podía hacer era respirar y ser espectador de aquella nueva verdad que se estaba develando ante mis ojos. De un momento a otro un olor fétido se percibía en el aire, al tiempo que la temperatura descendió drásticamente y ahí me encontraba buscando desesperadamente con la mirada algo que pudiera darme una pista de lo que estaba ocurriendo, cuando de entre la oscuridad del fondo de la habitación, a metro y medio de mis pies, se empezó a dibujar la silueta de algo que parecía humano pero con algunos rasgos distintos.

Se podían notar unos grandes ojos negros, que alcanzaban a reflejar un poco de aquella luz brillante y más abajo una rendija horizontal totalmente recta, que imagino cumplía las funciones de boca. Sin poder distinguir más detalles por la falta de luz, estaba claro que un ser de gran cabeza y cuerpo frágil se acercaba a mí. Al parecer en esa situación no había posibilidad alguna de salir bien librado, me encontraba completamente inmovilizado y a merced de algo que no sabía exactamente que o quien era. Habrán sido unos 15 segundos en los que ese ser fue visible y después del mismo modo en que se apareció se fue. *(Ilustración 10)*

Aquel ser no compartió conmigo palabra alguna, frase o mensaje, sus movimientos parecían estar controlados por una fuerza externa a él. Puedo casi asegurar que tuvo la intensión de acercarse más a mi persona, sin embargo me dio la impresión de que "*algo*" lo detuvo en su camino.

Ilustración 10

Este ser parecía flotar y no tanto caminar, en un momento flotó hacía mí, extendió su brazo derecho como queriendo alcanzarme, pero fue notorio que una ***fuerza invisible*** se lo impidió[14].

De alguna manera empecé a tener la seguridad de que nada malo me pasaría a pesar de la inverosímil situación que estaba viviendo y así fue; tras la desmaterialización de aquel ser, la luz que me cubría también desapareció y finalmente empecé a recuperar la movilidad de mi mano derecha y súbitamente me encontré dando un brinco de la cama y corriendo hacía la habitación de mis padres. Y ahí estaba yo, con otra historia imposible de creer para compartirla con ellos, afortunadamente mi madre alcanzó todavía a distinguir algo de aquella nave luminosa, ya que una ventana de su habitación estaba en la misma dirección que la mía y por mis alaridos alcanzó a despertar a tiempo para notar su presencia.

Después de esta experiencia, el miedo a la escuela nueva y la deuda familiar con el banco para solventar las colegiaturas, la incertidumbre hacia el futuro, el conseguir novia, el ganar masa muscular, el convertirme en rockstar, el graduarme de la

[14] He compartido en diversas entrevistas y medios de comunicación la posible explicación a esta situación. Muchos años después de la experiencia obtuve el consejo de dos personas que me aseguraron que yo cuento con la protección de ciertos Seres de Luz. Para ese entonces creer eso representaba un acto de fe, en la actualidad es una realidad de la que estoy totalmente convencido.

preparatoria, el elegir una carrera lucrativa y con grandes oportunidades, entre otras cosas comunes en la vida de cualquier mexicano de clase media baja, se volvieron completa y absolutamente situaciones insignificantes, estúpidas y sin sentido; se acababa de abrir una ventana que me permitió entrever la existencia de realidades alternas a esta *Mátrix* en la cual vivimos. Muchos fueron los cambios que se presentaron en mi vida a raíz de este encuentro, principalmente cambió la concepción del mundo que se había forjado en mi mente a lo largo de casi 15 años.

Así, personajes a los que yo consideraba exitosos y sobresalientes dentro del ámbito de la ciencia, los empecé a entender como simples charlatanes que no tenían idea de lo que pregonaban, pero por alguna poderosa razón se gastaban en tratar de convencernos de sus teorías (Albert Einstein, Stephen Hawking, Charles Darwin, Sir Issac Newton, entre otros) y en ésta campaña también eran cómplices las escuelas, los libros y el sistema en general. Por otro lado, no podía sentir otra cosa más que lástima y vergüenza por la tecnología y los avances científicos. En esos años (los 90´s) se empezaba a popularizar el uso del Compact Disc en México, aparecieron las primeras laptops a la venta y algo llamado internet prometía mejorar y facilitar la vida de las personas; ante estos avances tecnológicos me preguntaba ¿Cómo podíamos sentir orgullo por una tecnología tan pobre? Y después de enterarme que el desarrollo del Compact Disc ni siquiera era de patente humana, más confirmé ese desprecio.

-DATO CURIOSO-

Existe evidencia fehaciente entre fotos, cartas, dibujos y testimonios que avalan la autoría de la tecnología de lectura laser de datos a ciertas razas extraterrestres. El director de Philips en la década de los sesenta (Lou Ottens) empezó a recibir una serie de cartas anónimas que contenían diagramas e instrucciones para el desarrollo de la tecnología de lectura láser de datos; que más adelante recibiría el nombre de Compact Disc. Y fue hasta mediados de la década de los ochenta que se perfeccionó su funcionamiento y se puso al alcance del público en general. Se presume que fueron esos seres conocidos como los UMMITAS los autores de esas misivas.

No podía sentir asombro ni respeto alguno ante los logros científicos alcanzados por la raza humana hasta entonces; nada podía igualar y mucho menos superar a la capacidad que mostraron aquellos pequeños seres al atravesar muros, ventanas, muebles y cualquier objeto que se interponga en su camino. Quedé maravillado con ese "*rayo luminoso*" que de algún modo actúa sobre el sistema nervioso de una persona u otro ser vivo para paralizarlo por completo y por supuesto, no podía hacer menos aquel *disco volador* luminoso, en el cual supuestamente se transportaba ese ser que se mostró ante mí. No acababa de asimilar la existencia de una nave que no generara humo, no hiciera ruido y que no contara con alas ni con hélices; era claro que más allá de nuestra realidad existían otras, donde los avances de esas civilizaciones ridiculizaban por completo lo conocido por nosotros. Me acababa de enterar de algo que simplemente no podía ignorar y de lo que me dispuse a conocer todo lo que fuera posible. **Mi vida entonces definió su rumbo**.

Con 15 años de edad, como ya lo mencioné, estaba más interesado en la existencia de fantasmas y los fenómenos ***PARANORMALES***; gracias a dibujos animados, películas e historietas, suponer la existencia de espíritus entre nosotros no resultaba una idea tan disparatada; sin embargo, todo lo referente al fenómeno ovni me era completamente ajeno.

De niño pude avistar en pleno vuelo naves idénticas a la que esa noche me visitó, pero nunca les di importancia y no era un asunto digno de compartir con nadie según mis prioridades de aquellos años. El tema ovni y la posible existencia de inteligencias no humanas, simplemente no tenían cabida en mi vida; no formaban parte de mis juegos, no eran tema de conversación en la escuela y no me interesaban, a diferencia de los fantasmas. Entonces mi conocimiento acerca del tema se resumía a cero, situación que me llevó a mal interpretar varias situaciones que se presentaron en aquel primer encuentro con supuestos ***EXTRATERRESTRES***.

Para empezar, viví por muchos años reprochando mi proceder frente a esa experiencia; recuerdo que a la siguiente mañana al explicar a detalle a mis padres y hermana lo sucedido, en un intento por aterrizar mis dudas en terreno conocido, les comenté que mi parálisis fue a consecuencia del miedo; así fue que me convencí que no fui suficientemente "*machito*" para poder controlar aquel terror que sentí y por tanto no pude actuar de manera diferente.

Muchos años pasaron antes de poder entender que ***no existe miedo suficiente que sea capaz de inducir una parálisis corporal generalizada***. Muchos libros, documentales e incluso testimonios de personas más familiarizadas en el tema tuvieron que llegar a mí antes de convencerme que no era tan miedoso como pensaba; sino que se trataba de algún tipo de tecnología o capacidad psíquica que esos seres utilizan para inmovilizar a sus víctimas. Esto lo acabé de entender en la segunda ocasión que fui visitado por estas entidades 5 años más tarde, pero al ser casi una copia fiel de la experiencia que acabas de leer, considero que narrarla sería una pérdida de tiempo e incluso llegaría a ser tedioso para ti; mejor abramos paso para la siguiente vivencia extraordinaria.

LA VIGILANTE SILUETA LUMINOSA

Había transcurrido un año desde mi ingreso a la escuela preparatoria y ya tenía bien definida mi rutina diaria, mis gustos, mis materias favoritas, mis amigos, mis enemigos y mis actividades extraescolares. Entre estas la más destacada y que me atrapó de por vida fue el entrenamiento de resistencia; así todos los días después de clases empezaba mi momento favorito del día: ir a entrenar al gimnasio de la escuela por dos horas. Mi dedicación y empeño trajeron sus recompensas lógicas esculpiendo un cuerpo asombroso, considerando el poco tiempo que tenía de haber empezado a entrenar de manera seria.

Motivado e incentivado por mi entrenador a quien le mando un abrazo y todos mis buenos deseos, decidí dar el siguiente paso y enlistarme en concursos de halterofilia, pruebas de fuerza y fisicoculturismo. De los primeros dos mis resultados no fueron los esperados, alcanzando la mayoría de las veces el tercer y con mucha suerte, el segundo lugar. Siendo así, fijé mis esperanzas en las competencias de fisicoculturismo con la idea y la esperanza de desempeñar un mejor papel y obtener ese añorado primer lugar que se me había negado en los otros rubros. Sabía que no sería sencillo y que requeriría más dedicación y cuidado de los detalles. A diferencia de una competencia de "*vencidas*"; la dieta, el entrenamiento, la depilación, la pérdida de grasa, la suplementación, entre otros aspectos debían ser atendidos minuciosamente para lograr mi objetivo. Dentro de esos puntos importantes a considerar no debía ignorar la apariencia de la piel, lo que significaba un nivel de hidratación específico y el oscurecimiento de la misma, o sea, el bronceado.

Conforme se aproximaba esa primera competencia a la cual me había inscrito, empecé a preocuparme por los detalles y para ese bronceado que necesitaba opté por recurrir al método tradicional y no a esas pinturas en aerosol o camas de bronceado que ahora son tan comunes. Pedí entonces permiso a una tía para visitarla en su casa de Cuernavaca en el estado de Morelos y ahí, tumbado al sol, lograr ese aspecto que me concedería la victoria. Mi tía accedió, pero bajo la consigna que no habría nadie en su casa, me prestó las llaves de los accesos y junto con mi familia nos dispusimos a pasar un fin de semana en ese paraíso alejado de la gran ciudad lleno de sol, flores y aire puro.

Todo parecía estar jugando a mi favor y en ese fin de semana previo al concurso no quedaba más que atender minuciosamente la dieta y mi bronceado. Llegamos un sábado temprano a la casa de mi tía ubicada específicamente en Jiutepec Morelos; mi familia y yo nos instalamos rápido, fuimos a comprar los víveres para esos dos días, hicimos limpieza en el lugar y asignamos las camas para la hora de dormir. Se percibía en todos nosotros ánimos por pasar dos días de tranquilidad aprovechando las condiciones de ese bello lugar. El sábado estaba por terminar y nos reunimos en el comedor para platicar y dar la última comida del día; desde ese momento empecé a distinguir algo diferente en la atmósfera circundante, una energía especial nos rodeaba y tal vez alguien más lo pudo percibir, pero nadie fue para comentarlo.

Después del acostumbrado *"Buenas Noches"* cada quien se dirigió a su habitación y cama asignada; mis padres, mi hermana y yo estaríamos en una habitación donde cada uno ocuparía una de las cuatro camas que ahí se encontraban, mientras que mi abuela ocuparía la habitación de al lado. Como era costumbre de mis padres, ante la presencia de situaciones anormales o increíbles, lo primero que hicieron al poner la cabeza en la almohada fue quedarse profundamente dormidos y desconectarse del medio a su alrededor. Por otro lado, mi hermana y yo no pudimos conciliar el sueño de manera inmediata, por lo que decidimos platicar en voz baja cuidando de no despertar a nuestros padres.

Algo ya no era normal dentro de esa habitación, me había empezado a atacar esa sensación especial en la espalda. Una serie de escalofríos y síntomas de ansiedad no me dejaban concentrar en las ocurrencias divertidas de mi hermana. Yo me encontraba en la litera de la parte de abajo y de la nada apareció un destello de luz sobre un pequeño mueble ubicado al lado de la cama; un resplandor que justo se ubicó en mi campo visual y me recordó lo que ya había vivido de niño con aquellas visitas del **GRAN MAESTRO**. (*Ilustración 11*)

Incluso por un momento pensé que se trataba de él, pero una voz femenina que me dio un mensaje hizo improbable esa posibilidad. Podía distinguir claramente que me alguien me decía:

"No tengas miedo, estoy contigo"

Ilustración 11

En ese instante no me interesó saber quién me estaba hablando, sino la razón por la que me lo estaba diciendo, ya que por sus palabras parecía el vaticinio de algo muy malo. Aquel brillo cada vez se distinguía más como una silueta humana sin mostrar grandes detalles o rasgos específicos. Mi hermana seguía despierta e insistía en hablarme y al darse cuenta que mis respuestas se retrasaban, al igual que mi característica costumbre de interrumpir con bromas me preguntó:

"¿Sigues despierto?"

Pensando en no asustar ni preocupar a mi hermana, no le comenté lo que estaba ocurriendo ahí en la habitación, ella estaba en una de las literas de arriba tapada hasta la cabeza con las cobijas por lo que tenía la certeza de que no se había percatado de nada; tratando de darle una explicación de tanta tensión y misterio sólo le dije que tenía un mal presentimiento.

Dicho esto se empezaron a escuchar ruidos en el jardín de la casa y a través de la cortina que cubría la ventana de aquella habitación se empezaron a distinguir siluetas humanas, lo que no tenía mucho sentido para nosotros, ya que supuestamente éramos los únicos dentro de la casa y teníamos claro que todos ya estábamos durmiendo o por lo menos intentándolo. Mi hermana empezó a preocuparse y me preguntaba cada vez en un volumen más bajo:

¿Escuchaste eso?

¿Viste lo que acaba de pasar por la ventana?

¿Qué está pasando?

Por más que quería no podía responderle ya que estaba temeroso de hacer cualquier ruido y llamar la atención de aquellos que estaban aparentemente registrando la casa. El miedo se hizo presente y no tenía la menor idea de qué podía hacer para poder enfrentar aquella situación. De pronto se fue la luz en toda la casa; alguien la había quitado y sólo se podían ver destellos de lámparas de mano afuera en el jardín; ahí fue cuando ya no tenía duda alguna de que se trataba de un allanamiento, con la posible intención de cometer un robo. Entonces comencé a lamentarme profundamente por haber involucrado a mi familia en esta peligrosa situación y todo por mi deseo egoísta de participar en aquél concurso.

Mientras todo esto ocurría, aquella silueta luminosa sobre el mueble seguía presente hasta que se escuchó rechinar la puerta de la habitación que ocupábamos. Segundos antes de esto le había pedido a mi hermana que fingiera estar dormida y de ser posible que simulara unos ronquidos para hacer más convincente su actuación. La visibilidad era de cero, la oscuridad no me permitía ver mi mano a pesar de ponerla diez centímetros frente a mi cara. Sin embargo podía escuchar, sentir e incluso oler que alguien más yacía en la habitación y no tenía buenas intenciones para con nosotros. Al instante que la puerta de la habitación fue abierta, la silueta luminosa desapareció y a partir de este instante, entre la penumbra fui guiado por algo muy superior al instinto. En el momento que supe que el merodeador ya había entrado en el cuarto, al igual que mi hermana fingí estar dormido, evitando hacer algún movimiento y emitiendo ronquidos falsos para convencer al intruso o intrusos que estábamos completamente desprotegidos y así cometieran el error de actuar con exceso de confianza.

Ahí acostado pude sentir el calor corporal de un ser que estaba de pie a no más de 30 centímetros de mí; caminando entre las dos literas asegurándose que no había peligro alguno y tal vez buscando algún objeto de valor. La impotencia que experimentaba al estar ahí tumbado y sin oportunidad de hacer mucho ante aquella amenaza, estaba a punto de quebrarme, cuando súbitamente empecé a notar un cambio en mi vista; un color rojo empezó a teñir toda la habitación y como si se me hubiera dotado con visión nocturna, comencé a distinguir todo entre aquella densa oscuridad. Esta nueva e inexplicable habilidad me llenó de confianza ya que así pude ubicar la silueta de nuestro ventajoso y siniestro agresor.

Sin dejar de emitir aquellos falsos ronquidos, poco a poco me levanté evitando hacer rechinar, tanto el colchón como la cama y me ubiqué justo detrás de aquel intruso, con la intención de frenar sus planes. Una vez completamente de pie, tome una gran bocanada de aire y lancé mis brazos alrededor del torso del desconocido (*Ilustración 12*); recuerdo haber apretado con una fuerza descomunal y una vez seguro que no se escaparía, empecé a gritar como nunca antes lo había hecho con la intención de despertar a todos los que esa noche nos encontrábamos en aquella casa.

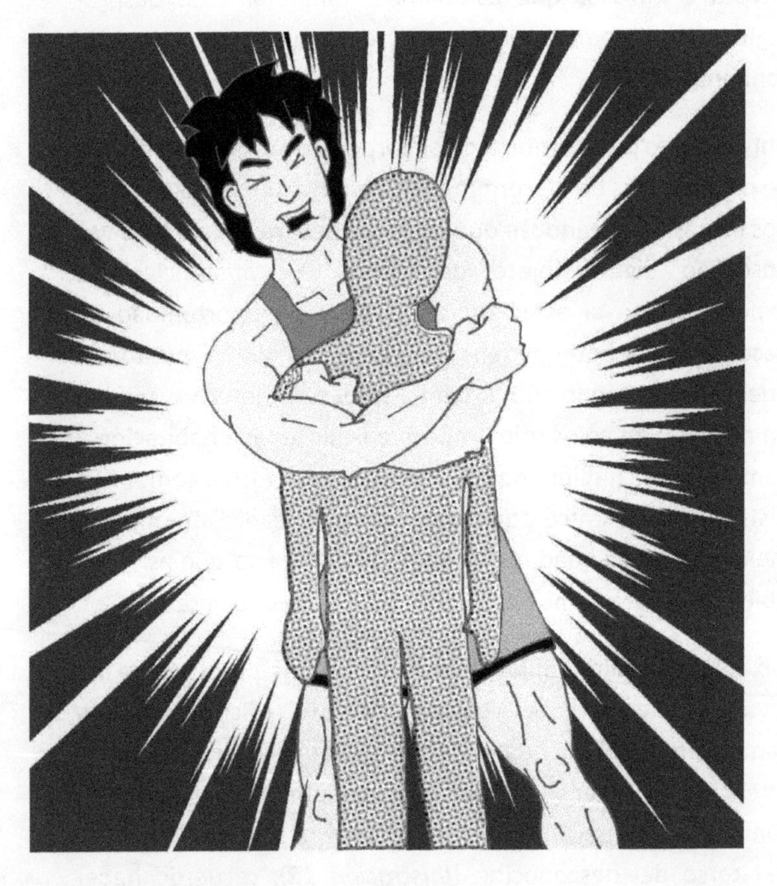

Ilustración 12

Casi de inmediato se despertaron, restablecieron la luz y pudimos notar que sólo era uno el intruso; se le dio aviso a las autoridades y el resto es historia.

Más allá del interés que tengas al leer esta historia de terror y suspenso 100% de la vida real, debo aclarar los puntos importantes de la experiencia. En este acontecimiento pude despejar algunas dudas que me aquejaban de años atrás; en primer lugar estoy seguro que en toda mi vida (*al menos hasta el día de haber escrito este texto*) no había pasado una situación en la cual hubiera experimentado tanto miedo como cuando escuche la puerta de aquella habitación rechinar. Cientos de pensamientos negativos cruzaron mi mente y solo podía sentir terror y angustia por lo que pudiera pasarle a mi familia y a mi persona.

Todavía puedo sentir esa sensación de hiperventilar y al mismo tiempo tratar de contenerme para no hacer ruido al tomar aire por la boca; sin olvidar el temblor en mis extremidades y sudor frio por todo mi cuerpo que me hacían dudar de poder responder ante aquel peligro. Solamente quienes hayan estado en una situación similar podrán entender todo aquello que trato de transmitir con estas limitadas palabras.

Meses más tarde, caí en cuenta de que tal vez había estado equivocado respecto a la experiencia que años atrás tuve con aquél ***EXTRATERRESTRE* GRIS**; ya que durante mucho tiempo me había conformado con esa explicación que atribuía la parálisis corporal generalizada al miedo, pero en un ejercicio de honestidad, no hay punto de comparación entre las dos vivencias, porque si de generar miedo se trata, la raza humana lleva la batuta y son los indiscutibles ganadores. El terror que me aprisionó estando en medio de la oscuridad y completamente desvalido, ante las perversas intenciones de ese criminal no tenía comparación, simplemente no creía posible poder sentir tanto miedo y sobrevivir para contarlo.

Y a pesar de eso terror indescriptible, no me paralicé; mi cuerpo siguió respondiendo, tembloroso, torpe y titubeante, pero en ningún momento perdí la movilidad. Tal vez me había "*curado de espanto*" como dicen las abuelas o existen distintos tipos de miedo y por lo tanto sus síntomas son diferentes. Estos planteamientos me hicieron retomar aquel encuentro ***EXTRATERRESTRE*** que me había esforzado por olvidar, o por lo menos, por no recordar. Aquí fue donde realmente empecé a documentarme e investigar el tema, pero sobre todo a buscar personas con experiencias similares porqué sabía que no podía ser el único. Al parecer cada evento de naturaleza extraña en mi vida abre una ventana hacia lo desconocido, despeja dudas, pero por otro lado, también pone en evidencia lo mucho que me falta por saber respecto a estos temas.

Al día de hoy no puedo dar una explicación aceptable de la silueta resplandeciente que apareció en aquella habitación anunciándome el peligro; lo único que certero era su naturaleza benévola. Tal vez fue un ángel o un **Maestro de Luz** quien no sólo me alertó, sino también me dotó temporalmente de la capacidad de ver en la oscuridad y de algún modo, tomó control de mis acciones, porque como ya lo explique, me movía en automático; podía pensar pero mis acciones se adelantaban a mis pensamientos, como si provinieran de algún otro lugar. Yo sé que no son pocas las personas que han experimentado este tipo de situaciones en sus vidas; solo que a diferencia de mi caso, donde un ser se manifiesta físicamente, a ellos les aqueja un fuerte presentimiento y este representa esa alerta que los anticipa a una situación peligrosa.

Estoy seguro que todos los seres inteligentes de este mundo (los humanos) cuentan con la protección y guía de seres avanzados; más evolucionados y por tanto pertenecientes a dimensiones superiores. Estos seres se hacen presentes de diversas maneras ante nosotros y al contar con cuerpos más sutiles, por lo general optan por ser esa voz en tu cabeza a quien muchos le dicen consciencia o alguna señal directa que se muestra repetidamente frente a ti; como alguna palabra, frase o incluso, en un consejo (ya sea de algún conocido o extraño) dado en el momento justo en que lo necesitas.

Por cierto en caso de que alguien se haya quedado con la duda, en el concurso de fisicoculturismo por el cual inició toda esta aventura obtuve el cuarto lugar general y el primer lugar de mi categoría; aunque después de lo acontecido aquel fin de semana en Jiutepec, esa victoria me resultó irrelevante.

EL SER (PRESUNTAMENTE) ARCTURIANO

Muchos años pasaron entre aquella experiencia vivida en Jiutepec Morelos y la increíble situación que narraré en este capítulo. Debo mencionar que este libro únicamente se enfoca a experiencias y encuentros cercanos con entidades no humanas, por lo que de los múltiples avistamientos que he tenido a lo largo de mi vida no hago, ni haré mención detallada de ninguno dentro de estas páginas. Digo esto debido a que en ese periodo de mi vida tuve muchísimos encuentros con naves, esferas, *EBANIS*[15] y ovnis en general. Todos esos años tuve la creencia de que la manifestación insistente de esas naves debía significar algo, no era posible que tanto descaro al presentarse ante mí fuera sólo cuestión de suerte o meras coincidencias.

La cumbre de aquella racha de avistamientos la viví en el estado de Guerrero; en Zihuatanejo para ser más precisos. Por lo general pocas eran las ocasiones en las que mi familia podía salir de vacaciones y cuando esto era posible, lo más común era visitar el estado de Guerrero y al tener familiares en Zihuatanejo de Azueta, este destino se convirtió en nuestro centro vacacional por excelencia. Incluso al día de hoy cada año hacemos por lo menos un viaje a ese hermoso puerto.

---

[15] E.B.A.N.I (Entidad. Biológica. No. Identificada) generalmente se confunden con globos unidos de manera lineal, aunque pueden variar en su forma y tamaño.

Fue en el periodo vacacional de verano del año 2006 cuando las visitas a Ixtapa-Zihuatanejo no volverían a tener el mismo sentido por el resto de mi vida. Recuerdo perfectamente que esa noche tenía dificultades para poder conciliar el sueño, estaban transcurriendo los minutos mientras yo solo rodaba en mi cama empapado de sudor e incluso con un poco de hambre. Me levanté decidido a buscar una bebida para refrescarme y algún bocadillo, pero mi plan tuvo que esperar debido a que de manera muy extraña algo se presentó sobre mi piel. Unas llagas rojas abultadas que generaban una tremenda comezón aparecieron sobre algunas partes de mi cuerpo, sin saber que eran corrí a donde mi madre en busca de su consejo.

Me dijo que posiblemente me había intoxicado, situación que nunca antes me había ocurrido, entonces decidimos culpar a algún alimento que consumí a lo largo de aquel día. Me sugirió ir por un medicamento efectivo, según ella, para acabar con esa tremenda comezón que no podía hacerme esperar a la mañana siguiente. Así, tomé las llaves del auto para dirigirme a una de las farmacias que ofrecen servicio las 24 horas; debemos de tomar en cuenta que todo esto ocurrió aproximadamente a las dos de la madrugada.

Francamente no tenía la intención de salir esa noche, incluso estuve pensando en algunos remedios caseros para apagar esa fuerte comezón, pero la desesperación por exterminar esa molestia me sacó estrepitosamente a las calles. Manejé a velocidad promedio, llegué a la farmacia, pedí el medicamento y una botella de agua para tomarlo de una buena vez, pagué los artículos, subí al auto y me regresé a casa.

Mientras manejaba quise aprovechar algún crucero para tomar la diminuta pastilla[16], al fin se presentó ese esperado cruce de automóviles y tome la botella de agua y la pastilla entre mis dedos, cuando un objeto que se dejó ver en el cielo me distrajo de todo aquello. Con el auto en alto total, a través del parabrisas pude ver como algo que asemejaba a una estrella, en tamaño y brillo, se movía en el cielo de un modo muy especial, como si estuviera comunicando algo con sus movimientos. Cada vez se veía más grande, lo que me hizo pensar que se estaba acercando hacía donde yo me encontraba. (*Ilustración 13*)

De pronto dejo de brillar y en medio de la noche se perdió por completo de mi vista, entonces bajé la mirada, aceleré y me dirigí hacía mi destino. Una vez que llegué a casa, me bajé del auto (de la impresión olvidé las pastillas y la botella de agua en el interior) estaba por entrar y una fuerza muy sutil, pero poderosa me hizo voltear la cabeza hacia arriba antes de ingresar al domicilio. Ahí pude ver de nuevo a este objeto luminoso y esta vez estaba más cerca y su resplandor era intermitente, no tuve duda alguna de que de esa forma estaba

---

[16] Quienes conozcan Zihuatanejo sabrán que los semáforos son muy escasos y abundan más los cruceros en donde debes de esperar por tu turno a pasar.

tratando de comunicarse conmigo. Este contacto visual con aquella nave (que asemejaba a un *huevo estrellado*) habrá durado unos 3 minutos como máximo para después volver a desaparecer, o por lo menos, dejar de brillar y así volverse invisible entre la oscuridad del cielo. Estaba perplejo y atónito, debido a que era la primera vez que parecía que esas naves, que habían estado presentes a lo largo de mi vida ya en muchas ocasiones pasadas, se estaban tratando de comunicar directamente conmigo o al menos eso fue lo que creí. El hambre, la sed, el calor y las ronchas habían desaparecido y cabe aclarar que no tuve oportunidad de tomar la medicina.

Ilustración 13

Lamentablemente ya en casa todos estaban dormidos y no tuve oportunidad de compartir esa experiencia con nadie. Llevaba conmigo un teléfono celular cuyo modelo ya me permitía capturar fotografía y video con una calidad bastante aceptable, pero nunca pasó por mi cabeza obtener evidencia de aquél formidable suceso. Sin más que hacer, cerré la puerta principal, dejé las llaves del auto en su lugar y me dirigí a la habitación donde usualmente paso las noches cuando visito Zihuatanejo. Estaba contento y emocionado porque de algún modo sabía, que esa experiencia significaba algo más y que muy probablemente esos seres tratarían de acercarse a mí.

A pesar del cansancio era un hecho que, en lo que restaba de la noche no iba a poder dormir ni un par de minutos, no podía hacer otra cosa más que pensar en lo ocurrido. Me encontraba ahí, solo en ese cuarto que cuenta con muy poco espacio libre, ya que las dos camas individuales ubicadas en su interior dejan un área muy reducida a manera de pasillo entre ambas. Mientras reflexionaba acostado sobre la cama, la idea de salir de la casa y buscar nuevamente algún tipo de interacción con esos seres se hacía más recurrente, pero para ser franco la apatía ganó la partida esa vez y en cambio me puse a mirar al cielo a través de la única ventana que tiene la habitación. De arriba a abajo, de un lado a otro busqué desesperadamente en cada rincón de ese reducido pedacito de cielo que me proporcionó aquella pequeña ventana, pero nada se mostró. La emoción empezó a disminuir y como todo en la vida, después de un rato el sabor de la experiencia dejó de ser tan intenso. Decidí que dormir un poco sería una buena idea, ya que para el siguiente día mi familia había trazado el plan de diversión a seguir y prometía ser una agenda bastante atareada y desgastante. Me reacomodé, volví a dar volumen a mi almohada, tome un poco de agua y eso me alertó de visitar el sanitario antes de buscar quedar profundamente dormido.

Me disponía a levantarme, para calzar mis sandalias y dirigirme al cuarto de baño, pero algo me lo estaba dificultando. Estando tendido horizontalmente sobre la cama, traté de levantarme del modo menos recomendado por los expertos en el cuidado de la columna vertebral; haciendo una *"abdominal"*, o sea, levantando la parte superior de mí cuerpo mientras mis piernas quedaban inmóviles sobre el colchón. Intenté una, dos y tres veces sin poderme levantar, obviamente pensé que el cansancio físico era el culpable de dicha torpeza y opté mejor por rodar hacía la orilla de la cama y así lograr mi objetivo. Al intentar moverme, en general, sentía una pesadez corporal que me obligaba a permanecer quieto, pero estaba decidido a ir al baño por lo que la lucha por abandonar la cama no cesó; tras un momento ya estaba empezando a desesperarme e incluso a preocuparme de aquella extraña situación cuando, de sorpresa, se empezó a manifestar la explicación a todo aquello. Casi derrotado por esa fuerza invisible, no tuve más opción que quedarme frustrado e inmóvil mirando al techo y antes de que pudiera empezar a imaginar que estaba ocurriendo, una luz irrumpió en aquella habitación. Exactamente en el centro del techo pude ver un resplandor, que comenzó casi del tamaño de una moneda pequeña y empezó a crecer en diámetro y luminosidad para terminar como un haz de luz que entraba por el techo y descendía para terminar en medio de las dos camas. *(Ilustración 14)*

Ilustración 14

Como la mayoría de los aspectos y circunstancias que rodean al fenómeno ***EXTRATERRESTRE***, aquello no tenía explicación lógica alguna, sin embargo, estaba ocurriendo y justo frente a mis ojos. Por algún motivo relacioné inmediatamente mi pesadez corporal con el fenómeno que estaba teniendo lugar y a diferencia de ocasiones anteriores en las que ya había tenido la oportunidad de estar frente a inteligencias no humanas, no experimenté malestares físicos, ni ese característico escalofrío en la columna que tanto padecí de niño ante situaciones similares.

En esta experiencia extra normal fue la primera vez en mi vida en la que, traté de hacer un registro puntual y detallado de todo lo que me rodeaba. Recuerdo que la temperatura de la habitación permaneció sin cambios, no pude detectar un aroma distintivo, ni ruidos fuera de lo normal, únicamente podía apreciar ese rayo luminoso de luz blanca, que a pesar de ser intensa, no resultaba molesta ni cegadora. Unos segundos más tarde, una silueta humanoide comenzó a aparecer de entre esa luz; pude distinguir un par de piernas, un torso delgado, dos brazos, un cuello y una cabeza un tanto grande considerando las proporciones humanas. Esta silueta cada vez era más definida y poco a poco iba mostrando detalles claros de su apariencia; para por fin dejar de ser una sombra difusa y tomar la forma de un ser totalmente ajeno a este mundo. No sentí miedo, no sentí intranquilidad y sabía que aquél nuevo amigo era quien minutos antes había manipulado esa nave que se posó sobre mi cabeza. Así, inesperadamente fue mi primer encuentro con esta raza de **HERMANOS MAYORES** que como bien describí en el nombre de este capítulo, *supongo* que eran de origen **ARCTURIANO,** esto basándome en su aspecto físico, porque debo dejar en claro que al menos en esa ocasión, no compartieron ningún mensaje con su humilde narrador.

Frente a mí se encontraba un ser de rostro apacible, con dos grandes ojos almendrados con pupilas de un color oscuro que me miraban fijamente sin ser intimidantes. Contaba con una cabeza grande en proporción al resto de su cuerpo, no tenía un solo cabello, ni vello facial. Su piel era de color azul-gris y daba la apariencia de tener una textura suave al tacto. Su estructura corporal y extremidades en general eran delgadas con músculos bien definidos, los cuales se podían apreciar a través de un traje azul oscuro muy entallado al cuerpo, que me recordó a los que algunos surfistas tienden a utilizar. Con una estatura aproximada de 1,80 metros, estos seres pueden llegar a ser fácilmente confundidos con los famosos **GRISES**, salvo por los pequeños detalles que ya he descrito. Sus manos se distinguían por contar solo con tres dedos, más largos que los dedos humanos, pero más cortos que los dedos de ***LOS* GRISES**. No puedo dar detalles de sus pies, debido a que la cama dificultaba ver directamente esa parte, no sé si utilizaba algún tipo de calzado (que yo supongo que sí) o llevaba los pies descalzos, como sea que haya sido, yo creo que ese detalle no cuenta con mayor relevancia. (*Ilustración 15*)

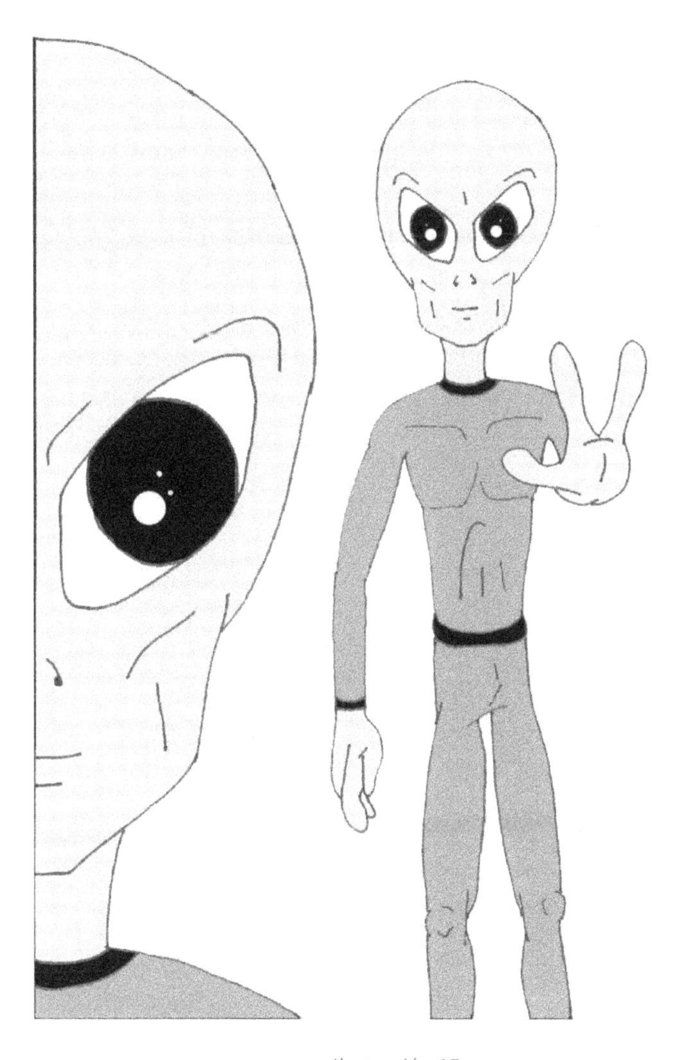

Ilustración 15

Al igual que tú, que estás leyendo estas líneas, yo también hubiera esperado de este contacto ***EXTRATERRESTRE*** algún mensaje lleno de esperanza, sabiduría, conocimiento o por lo menos, de buenos deseos; sin embargo no fue así. El ser sólo se presentó ante mi como para dejar en claro su existencia y que mi persona no les había sido indiferente del todo. A pesar de que no hubo un intercambio de ideas, palabras o frases por ningún medio, se dio una conexión especial entre aquel ser y yo, como si entre nosotros ya se hubiera dicho todo lo necesario y solo restara saludar por cortesía o tal vez hasta por compromiso. Ahora en mi vida todo esto tiene sentido y lógica, para esto tuve que conocer y vivir muchas cosas, cosas que dependiendo del rumbo que vaya tomando el mundo podré compartir dentro de poco o tal vez deba esperar unos años más. Respecto a estos ***HERMANOS ARCTURIANOS***[17], puedo decir que mi contacto con ellos se ha convertido en una linda costumbre y cada vez que visito la hermosa tierra del estado de Guerrero espero con emoción infinita el momento en que podré entrar en contacto con estos amigos estelares. No siempre los contactos con ellos son tan cercanos e impactantes, he podido entender que muchos son los factores

---

[17] Actualmente conozco el origen real de estos **HERMANOS** gracias a que ellos mismos fueron quienes me lo revelaron. No utilizaron el término "*ARCTURO*", que fue creado por el ser humano a partir del griego antiguo y significa "*EL GUARDIAN DEL OSO*". Me dijeron que venían de la 4ta estrella más brillante en el cielo, a unos 35 años/luz de distancia; en otras palabras, todo apunta a que se referían a esa estrella que conocemos como **ALPHA BOOTIS** o **ARCTURO**.

que determinan el tipo de acercamiento que se suscitará con ellos, sin embargo, aunque solo sea un saludo desde sus naves en lo alto del cielo, siempre llenan de esperanza mi corazón porque me recuerdan que no todo en este mundo, ni en el universo es malo y que, aunque no lo parezca, ***SOMOS MÁS LOS BUENOS***. (A pesar de que, como afirma el Maestro Freixedo, *"los malos gritan más"*)

Este encuentro con los **ARCTURIANOS** sólo fue el primero de muchos, que hasta la fecha (*año 2018*) se siguen dando en aquella cálida tierra e incluso en la Ciudad de México a últimas fechas. En los encuentros posteriores a este, sí han compartido ciertos mensajes, a nivel telepático como era de esperarse, que por lo general se vinculan directamente a situaciones personales que esté atravesando en el momento del contacto. Puedo decir, sin temor a equivocarme, que los mejores consejos y las palabras de aliento más significativas en mi vida las he recibido de ellos. Por haber sido este el primer contacto con **HERMANOS ARCTURIANOS**, lo consideré el más acertado para compartir, debido a toda la emoción y expectativa que en mí generó. Debo mencionar que ellos han sido, después del **MAESTRO JESÚS**, los seres que más me han hecho sentir esa plenitud en su presencia; esa sensación única de paz y armonía en donde todas las preguntas y misterios de la vida tienen respuesta y no hay cabida para dudar de la existencia del **AMOR** y mucho menos de un **DIOS CREADOR**.

Gracias **HERMANOS ARCTURIANOS**, ¡*ORIG MEG NÁ*!

EL URMAH (HOMBRE-GATO) DEL TEPOZTECO

Después de mi primer encuentro con los **HERMANOS ARCTURIANOS**, pasaron 7 años de contactos ***EXTRA-TERRESTRES***, avistamientos de todo tipo de naves y hasta de apariciones fantasmales, antes de llegar a la extraordinaria vivencia que te platicaré en este capítulo. Para empezar te diré que el estudio y vivencia de la realidad ***EXTRATERRESTRE*** me han dejado en claro 2 cosas:

- Todo es posible dentro de este fenómeno
- Estamos lejos de entender la mitad de esta realidad

Las cosas más inverosímiles e increíbles se pueden dar de manera natural dentro de esta fenomenología; situaciones que solo las pueden llegar a creer o siquiera a imaginar personas que también las hayan experimentado en carne propia.

Este caso en específico vino a abrir una nueva visión en mi vida respecto al tema; cambiando lo que a lo largo de muchos años había entendido acerca de las funciones principales de los medios y la industria del entretenimiento. Los dirigentes de este mundo mueven los hilos para crear situaciones de guerra y desigualdad, generan pobreza y enfermedades, mantienen a los seres humanos en estados constantes de ansiedad y depresión, pero todo esto sería inaguantable sin una gota de miel en medio de tanta adversidad y desgracia; ahí es donde entra la industria del entretenimiento.

Ya sea la industria de la música, del cine o de la televisión. Es verdad, en esta *MATRIX* todo son deudas, problemas, violencia, confusión, carencias e injusticias, pero gracias a dios por la existencia de esas válvulas de escape que nos permiten soportar los golpes mortales de esta **GRANJA HUMANA**[18], imaginemos nuestras vidas sin esos partidos de futbol de fin de semana, los cuales aprovechamos para convivir con los amigos y tomarnos unas cuantas cervecitas; ¿Qué sería de nosotros sin la oportunidad de ir al cine con nuestra pareja y olvidarnos de nuestros problemas a través del transportarnos a mundos perfectos e imaginarios generados en esas pantallas de cine?, la vida diaria sería insoportable si no contáramos con esos 30 o 40 minutos de esa telenovela en donde nos podemos identificar con la o el protagonista. La vida sería dos veces más pesada de vivir sin las bondades de todos estos paliativos contra el dolor que genera el estar vivos. Se han hecho necesarios en nuestras vidas cotidianas los contenidos de esas industrias y esto no se limita sólo a los adultos, también los niños reciben sus grandes dosis diarias de *"estupidización"* y programación mental, ya sea viendo una serie animada o una película luciferina de esa empresa demoniaca que ya ha monopolizado la industria de la fantasía y del entretenimiento en el mundo, me refiero a *D1SN3Y*.

---

[18] Término utilizado por el gran investigador y ufólogo SALVADOR FREIXEDO para el título de una de sus mejores obras "LA GRANJA HUMANA"

Tanto películas, como series, dibujos animados, comics o videojuegos se han dedicado no solo a generar un daño cerebral profundo en las personas, sino a tergiversar la realidad de temas trascendentes e importantes para la existencia del ser humano; gracias en buena medida a estas expresiones pseudoartísticas, es que las masas siguen creyendo que el tema ***EXTRATERRESTRE*** y los fenómenos **PARANORMALES** sólo son posibles dentro de las películas de ficción o programas televisivos.

¿Cuál sería tu reacción si te enterarás que casi todo lo que nos han mostrado a través del cine y la televisión es una realidad hasta cierto punto comprobable? ¿Quién está detrás de la creación y planeación de esas películas y programas televisivos? y ¿Qué tanto saben ellos de estos temas? El encuentro del tercer tipo que estoy a punto de narrar generó todas esas incógnitas en mí, me hizo pensar en la posibilidad de que gran parte del contenido dentro del mundo de la ficción puede llegar a ser real en toda la extensión de la palabra.

Como a todos los niños, siempre me llamaron la atención los dibujos animados, los personajes coloridos o dotados con poderes sobrehumanos, quienes se involucraban en odiseas sorprendentes con la finalidad de salvaguardar a algún planeta o raza en específico y a pesar de no haber tenido acceso libre a una televisión, me las arreglaba muy bien para poder estar al tanto de las caricaturas de moda.

Por lo general miraba los programas en casa de algún familiar o amigo de la escuela. Muchas fueron las series animadas que marcaron a mi generación, y personalmente las series que se centraban en mundos lejanos o seres de otras dimensiones o planetas, eran las que más llamaban mi atención. Puedo recordar (y sé que muchos de ustedes también) las caricaturas de *Voltron*, de *Mazinger Z*, los *Silver Hawks* o *Halcones Galácticos*, *He-Man*, pero había una que era mi favorita y de la que procuraba no perderme ningún capitulo, me refiero a los **THUNDERCATS**. Muchos de ustedes también recordarán esta serie animada, en donde podíamos ver las aventuras de unos seres humanoides con algunos rasgos felinos, que poseían extraordinarias habilidades físicas; liderados por *LEON-O,* se enfrentaban a sus enemigos en batallas épicas de las cuales siempre salían vencedores. Ya en mi adultez pensé que el tiempo de los dibujos animados había quedado atrás, pero no podía estar más equivocado y esta experiencia de vida me lo vino a confirmar.

Nunca he sido muy asiduo a excursiones en grupo, me gusta disfrutar de la energía que brinda la naturaleza, pero en solitario, de ese modo me concentro en mis pensamientos y verdaderamente disfruto de esos paisajes, pero como ya hemos ido aprendiendo a lo largo de estas páginas, a veces los *Seres de Luz* que quieren entrar en contacto con nosotros de una u otra manera se encargan de acomodar todas las circunstancias y variables, para que se puedan dar esos encuentros y den la impresión de haber sido casuales o incluso accidentales; vale la pena recordar una de las frases que como estandarte he utilizado a lo largo de muchos años:

"LAS COINCIDENCIAS Y LOS ACCIDENTES NO EXISTEN"

Así pues, de algún modo llegó a mí una invitación para pasar un fin de semana en la bellísima localidad de Tepoztlán, ubicado en el Estado de Morelos, México. Como pueden imaginar es uno de mis lugares favoritos ya sea para descansar o para tener avistamientos de naves; en esa ocasión se trataba de un grupo que tenía la intención de observar las estrellas, sin que las palabras ovni, ni **EXTRATERESTRES** estuvieran involucradas. Se sugería asistir con equipo apropiado para la ocasión y a pesar de no contar con telescopio o algo similar, me animé a inscribirme debido a que el precio de aquél paquete me resultó atractivo y por algún otro motivo que iba más allá de mi entendimiento. Esta era la primera vez que en grupo me disponía a visitar un lugar para compartir una actividad en común. El paseo incluía: transporte ida y vuelta, alojamiento de 1 noche, algunas comidas, un asesor/guía para ayudarte a mirar las estrellas y un folleto que nunca leí y acabé perdiendo.

Pensando en la tensa situación dentro del camión que nos llevaría de la Ciudad de México hasta Tepoztlán rodeado de desconocidos y sin saber si habría oportunidad de comer algo en el camino, mejor decidí ir en mi auto. El camión saldría de un punto acordado previamente para llegar a su destino 2 horas después, tomando esos datos en cuenta calculé mi hora se salida para llegar casi al mismo tiempo que mis extraños compañeros de fin de semana. Todo salió perfecto, llegué casi detrás del camión, nos presentamos y nos dirigimos al hotel para acomodarnos y preparar todo lo que necesitaríamos en la noche. A lo largo del día deambulamos por las calles de Tepoztlán, visitamos mercados de artesanías, degustamos su deliciosa comida, algunos otros subimos el famoso cerro del Tepozteco; fue un día de esparcimiento y relajación, pero no debíamos de olvidar nuestra cita para la noche; habían quedado de acuerdo en salir del hotel a las 9:00 pm y de ahí dirigirnos a ese lugar especial para poder ver las estrellas (un espacio abierto a las faldas del cerro del Tepozteco).

El reloj marcó las 21:00 hrs y poco a poco empezaron a llegar los ausentes, para empezar con la actividad prometida, yo no podía manifestar mucha emoción ya que nunca ha sido de mi interés ver estrellas, prefiero mil veces tener un avistamiento con algún tipo de nave. Una vez todos presentes, empezó la caminata para llegar a esa zona especial; yo llevaba las manos vacías solo cargando, como siempre, una botella de agua para beber. En 30 minutos llegamos a nuestro destino y todos presurosos buscaban el mejor lugar (según ellos) para poder contemplar las maravillas del cielo nocturno. Escuchándolos hablar en unos términos desconocidos para mí, me dediqué a mirar hacia el cielo solo para no sentirme desencajado, pero no tenía la esperanza de ver nada en especial. Así estuve por casi 20 minutos y cuando el dolor de cuello casi me obligó a bajar la cabeza, pude avistar una luz; de esas que parecen moverse inteligentemente y una velocidad inimaginable para las aeronaves humanas. Aquella luz atravesaba el cielo de un lado a otro, tan rápido que a veces resultaba difícil seguirle el rastro o asegurar en qué lugar se encontraba. Hasta ese momento nadie del grupo, más que yo se había percatado de la presencia de ese fenómeno, fue hasta el segundo acto de su aparición que todos pudieron maravillarse con su presencia. Después de haber desaparecido en el firmamento estaba seguro de que ese resplandor, fuera lo que fuera, ya no volvería, pero sólo fue cuestión de esperar otros 5 minutos para que apareciera de nuevo en el cielo, esta vez más cerca, más luminosa y claramente se podía apreciar que era una nave enorme, a comparación de otras que había tenido la oportunidad de ver a tan corta distancia.

Una nave discoidal de unos 15 metros de diámetro aproximadamente se posó justo sobre nosotros, era tan clara la visión de esa noche que alcancé a ver lo que parecían ventanas alrededor de aquella nave. No pude percibir algún sonido especial u otra característica distintiva más que su imponente presencia. Quedé maravillado y muy satisfecho de haber asistido a esa excursión, lástima que no pude decir lo mismo de mis compañeros quienes, lejos de expresar admiración o sorpresa, empezaron a externar su preocupación ante el fenómeno diciendo que casi seguro nos harían daño y que todo eso era obra del demonio. *(Ilustración 16)* Esa situación se me hizo bastante incoherente, dado que se trataba de un grupo de personas, quienes (tenía entendido) estaban acostumbrados a ver al cielo por las noches, no puedo creer que en ocasiones anteriores no se hayan encontrado con estos amigos del espacio entre las lentes de sus telescopios y las estrellas. No dije nada, ni traté de convencer a nadie de lo contrario, esa vez sólo me dedique a disfrutar del espectáculo y a atesorar la experiencia en mi memoria.

Ilustración 16

Debo hacer la aclaración que debido a que ya habíamos estado en las inmediaciones del cerro del Tepozteco a lo largo del día, ya me había percatado que mi celular no contaba con señal en esa zona y al ver que tenía muy poca carga restante, esa noche decidí dejarlo conectado a la luz en la habitación del hotel. Poco a poco empezaron a recoger sus cosas y el cansancio no invitaba a otra cosa más que a regresar al hotel y caer perdidamente dormidos hasta la mañana siguiente, plan que me resultó bastante atractivo, pero antes busqué algo para cenar. Llegamos y poco se habló de aquella nave durante el camino, como si se tratara de un tema que preferían mejor olvidar.

A la mañana siguiente todos asistimos al desayuno que estaba dentro del paquete, platicamos y pasamos un rato muy ameno; después nos dijeron que contábamos con media hora para desalojar nuestras cosas del hotel, ya que debíamos de entregar la habitación antes del mediodía. Lo que se propuso entonces fue: dejar las pertenencias de todos dentro del camión y disfrutar del pueblo hasta las 4:00 pm que era la hora marcada para regresar a la Ciudad de México. Yo no estaba dispuesto a buscar estacionamiento para mi auto, ni a arriesgar mis cosas dentro del mismo si lo dejaba en la calle, por lo que hablé con el encargado para negociar la posibilidad de dejar mi auto en las instalaciones del hotel hasta mi hora de salida, a lo que accedió a cambio del pago de una justa tarifa. Disfrutamos de una excelente comida, visitamos otros rincones del pueblo y probamos las famosas nieves que distinguen al lugar; ya se acercaba la hora de regreso así que los asistentes se congregaron afuera del camión que los regresaría a casa, por mi parte, yo debía regresar al hotel donde había quedado resguardado mi auto. Nos despedimos y algunos intercambiaron números telefónicos y en un momento me encontré solo y sin nada de ganas de regresar a casa. El pensar en el tráfico de la carretera propio de los domingos, cuando muchos vacacionistas de fin de semana regresan a la ciudad, me hacía pensar en la posibilidad de quedarme una noche más y así evitarme esa molestia. No podía decidir entre regresar a la ciudad o quedarme ahí, al final deje que mi cartera fuera la que tomara la decisión y al verme muy justo de fondos decidí regresarme ese mismo día. Pagué lo restante en la recepción del hotel, me subí a mi auto y no lo pude arrancar. Uno, dos y tres intentos por encender el motor y fueron en vano, el auto sencillamente no daba marcha. Me bajé y abrí el capote con la intención de revisar y posiblemente detectar el problema; a primera vista todo estaba bien, nada fuera de su lugar, no había fugas visibles, los polos de la batería lanzaban chispa al juntarlos, sí contaba con la gasolina necesaria; en apariencia todo estaba bien y la tarde se convirtió en noche, por lo que no tuve otra opción más que quedarme hasta el siguiente día y dejarle el problema a mi **yo** del mañana. Pedí la misma habitación, esta vez el precio fue más elevado ya que no era parte de ningún paquete, pero no tenía muchas opciones.

Decidí relajarme, fui a buscar una quesadilla y un buen café, al terminar de cenar no creí prudente regresar al hotel, donde estaba esperándome mi auto descompuesto y me recordaría el problema en el cual me encontraba. Motivado por la presencia de la nave del día anterior, decidí regresar a ese mismo lugar yo solo para probar suerte en lo que realmente me apasiona, el contacto con **HERMANOS DEL ESPACIO**. Revisé la carga de la batería de mi teléfono celular, debido a que iba a ser mi linterna en esta aventura y tome rumbo a pesar de las recomendaciones de la señora que atendía el comercio donde recién había cenado; me dijo que por ser domingo en la noche ya no había muchos visitantes y por lo tanto el lugar se convertía en una especie de *pueblo fantasma* a esas altas horas de la noche, por lo que podía ser peligroso en el sentido de encontrarse con algún malviviente que intentara, en el peor de los casos, asaltarme.

Seguro de que no contaba con un peso encima, me dirigí a ese lugar y esta vez iba preparado con mi celular para poder tomar evidencia de algo que se llegara a presentar, de haber sabido en lo que esto acabaría lo hubiera dejado conectado a la luz en la habitación como en la noche anterior. Una vez que me encontré cercano a esa zona (no exactamente en la misma) empecé a buscar por el cielo, a pedir de manera amable que se presentaran esos seres del espacio, así estuve por 30 minutos y nada aconteció. Entendí que no era el día, el lugar, ni el momento para tener algún tipo de avistamiento y antes de regresarme al hotel me moví un poco por la zona. Caminé por casi 5 minutos y de pronto pude ver un resplandor muy intenso que cayó del cielo no muy lejos del lugar en donde me encontraba; parecía como si un meteorito incandescente hubiera caído en medio de los árboles de ese lugar. Traté de orientarme para poder dirigirme a la zona del supuesto impacto, me adentré en un camino cuesta arriba a faldas del Tepozteco y no muy adentro pude experimentar de nuevo esa sensación en el cuerpo con la que ya me había familiarizado, conforme más me movía, más dificultad encontraba para hacerlo, de nuevo esa pesadez corporal y torpeza en mis movimientos se hacían presentes después de varios años de no haberla sentido. No tardó mucho en hacerse presente el protagonista de este capítulo. Frente de mí encontré a un ser con una estatura mínima de 4 metros, esto comparándolo con los árboles cercanos a él, de apariencia humanoide: dos piernas, dos brazos, un torso, un cuello y una cabeza. Conforme mi vista se adaptaba a la oscuridad (para entonces no me había percatado que mi celular ya había dejado de iluminar el camino) pude apreciar ciertos detalles muy particulares en el físico de este nuevo amigo. Se notaba un cuerpo muy poderoso y fuerte, dotado de grandes músculos. Su vestimenta parecía una armadura de los tiempos de las cruzadas y lo que más llamaba la atención de su atuendo era una luz intensa que salía de lo que parecía ser un cinturón.

Por alguna razón en esta ocasión dudé mucho antes de mirar directamente a su rostro, el tamaño de este ser era impresionante, por lo que me intimidó bastante. Al fin pude verlo a los ojos y no hay una mejor manera de describirlo que tomando al personaje ya mencionado de los **THUNDERCATS**, así es, tal y como si *LEON-O* se hubiera salido de la caricatura para presentarse ante mí aquella noche, esa era la apariencia de aquel ser del que no tengo duda alguna, era inteligente. Una gran melena coronaba su cabeza, sus ojos muy brillantes como los de un gato y su nariz, tal y como la podemos ver en todos los felinos. *(Ilustración 17)*

Ilustración 17

Aparentemente este ser estaba solo y no compartió ningún mensaje conmigo, a una distancia de 15 metros, me miró por unos segundos para después tocar esa luz en su cinturón y desaparecer.

Quedé muy impactado con este encuentro, retome el aliento y me dirigí al hotel a un paso muy lento, me di cuenta que mi teléfono había dejado de iluminar, busqué el modo de hacerlo funcionar de nuevo pero no fue posible, entonces pensé que la batería se había agotado. El camino de regreso hasta entroncar de nuevo con las calles del pueblo era un tanto accidentado, por lo que tuve que tener mucho cuidado ante la falta de luz. Cuando llegue al hotel lo primero que hice fue conectar el teléfono a la corriente eléctrica y de inmediato me dirigí a la ducha; frente al espejo del baño completamente sin ropa, noté un tono rojizo en mi piel, como si hubiera pasado dos días tumbado al sol en alguna playa. Estaba seguro de no haber tenido ese bronceado en la mañana, ya que igual había tomado una ducha al despertar y del mismo modo me miré en el espejo. La piel no me ardía a pesar de ser muy vistosa esa tonalidad rojiza, tomé una ducha con naturalidad, me vestí y me preparé para dormir; del auto descompuesto ni me acordé.

Ya acostado, tomé el teléfono móvil entre mis manos y no mostraba respuesta alguna, no cargaba la pila, no encendía la pantalla; el teléfono estaba completamente muerto. De inmediato pensé en la posibilidad de que el cargador eléctrico se había descompuesto y sería necesario repararlo o comprar uno nuevo, sin más, me quedé dormido hasta el siguiente día. Esa mañana desperté muy tarde y solo tenía una hora para entregar la habitación y abandonar el hotel; empecé a guardar mi ropa en la maleta y a preparar todo para salir. Entregué la llave de la habitación y el control remoto de la televisión en la recepción, subí mi maleta al auto y salí de ahí despreocupado, pensativo, pero también muy agradecido por haber tenido la fortuna de vivir esa experiencia. El camino de regreso a casa estuvo lleno de preguntas sin respuestas y de algunas preocupaciones también; no podía alejar de mi mente la idea de que lo ocurrido en mi piel podía traer repercusiones a mi salud, desde leves hasta muy graves. Estaba seguro que la luz que emanaba del cinturón de aquel enorme ser, había sido la responsable de haberme dejado ese exagerado bronceado en todo mi cuerpo.

Manejé hasta el conocido lugar llamado *Tres Marías* para poder desayunar algo y tomar un café y fue ahí, mientras mordía uno de mis molletes, que me acordé que el auto no había funcionado la noche anterior; me levanté de la mesa como de rayo, abrí el auto y lo encendí, sin problema alguno el auto arrancó y eso me tranquilizó lo suficiente como para poder terminar mi desayuno. Llegué a la Ciudad de México sin problemas y el auto no volvió a fallar en meses, mi piel recuperó su color natural en días, pero mi celular no pudo volver a funcionar a pesar de haber sido revisado por varios expertos.

No era la primera vez que la cercanía con alguna nave o con un ser ***EXTRATERRESTRE*** me atrofiaba el funcionamiento de algún dispositivo electrónico, pero sí fue la primera vez que perdía un *smartphone*, mi primer teléfono inteligente (un *Samsung S4)* que tenía apenas una semana de haberlo adquirido. Aun así, no me arrepiento de la experiencia.

EL REPTILIANO Y EL SER DE LUZ DE LA AZOTEA

El presente caso resultará de alto interés para aquellos que en los últimos años han seguido el proyecto de **VERDAD ESTELAR**, ya sea a través de los programas en vivo, los videos grabados en el canal de *YOU TUBE*, los perfiles en redes sociales o algunos de mis artículos o los libros publicados, porqué relativamente es un acontecimiento reciente a la publicación de este libro y estoy seguro que muchos de ustedes podrán recordar.

Este hecho tuvo lugar el día 19 de Julio del año 2016 aproximadamente a las 23:00 horas. Ese día, después de pedírselo varias veces, un amigo que vive o vivía cerca de mí domicilio, me dio la oportunidad de subir a la azotea de su casa para poder avistar naves o registrar algún tipo de fenómeno; no fue casualidad, ni accidente que precisamente ese día tuviera la urgencia de buscar naves en el cielo nocturno, simplemente resultó que aquella noche era de luna llena y como ya lo he mencionado mucho en diversos medios; es muy común poder avistar naves las noches de luna llena. En alguna ocasión alguien involucrado con la investigación del fenómeno ovni me comentó, que con la luna llena se lleva a cabo una reunión o junta a la que asisten muchos de nuestros **HERMANOS DEL ESPACIO;** con la intensión de hablar de diversos temas que atañen a varias razas del universo, entre ellas la raza humana. Desafortunadamente no he tenido la oportunidad de corroborar esta información y no sé de qué modo la obtuvo esa persona, sin embargo, la experiencia personal me da a pensar que ese dato no está del todo equivocado, al día que muchas han sido las noches de luna llena en las que he podido, no sólo avistar naves, sino también establecer contacto con algunos de esos seres inteligentes.

Fue a las 21:00 horas que subí al techo de aquella casa y empecé a fijar mi atención en el firmamento nocturno, mi amigo me acompañó, pero al no estar muy interesado en el tema, volvió a bajar para encargarse de sus asuntos. Muchos minutos transcurrieron antes de que pudiera ver algo verdaderamente significativo, hasta que por fin, de entre las pocas nubes que había esa noche se alcanzó a ver un sorprendente resplandor que vino acompañado de un estruendo muy especial; una luz de una intensidad impresionante que por un momento le dio al cielo el color y la luminosidad propios del amanecer. Quedé impactado con ese fenómeno al cual no pude dar explicación certera ni convincente en ese momento; de manera inmediata tomé el teléfono celular y empecé a transmitir en vivo con la esperanza de que el fenómeno se repitiera una vez más y mis espectadores pudieran apreciarlo también. La transmisión[19] dio inicio, salude, di la bienvenida y comencé a explicar lo ocurrido unos minutos antes tratando de detallar el fenómeno; cierto nivel de frustración empezaba a apoderarse

[19] Esta transmisión fue a través de la aplicación de *PERISCOPE* y se puede encontrar en el canal de VERDAD ESTELAR en YOU TUBE.

de mí debido a qué aquél impresionante resplandor ya no se volvió a presentar y me sentí como un tonto al que iba a ser muy difícil creerle únicamente por su testimonio. Esta casa desde donde ocurrió todo eso se ubica sobre la ruta de una de las pistas del aeropuerto de la Ciudad de México, desde donde generalmente despegan los aviones y esa noche, como era de esperarse, varios aviones despegaron mientras permanecí ahí. Estaba ya a punto de concluir la transmisión en vivo dado que nada importante había para mostrarles a mis espectadores, cuando de pronto otro avión despegó y sobrevoló justamente a unos 40 metros sobre mi cabeza; como acto reflejo traté de seguir la trayectoria del avión mientras se perdía de vista a la distancia y fue ahí, exactamente cuándo volteé, que me percaté de otro objeto grande que cruzaba el cielo esa noche. (*Ilustración 18*)

Todavía un poco aturdido por el estruendo del avión y deslumbrado por sus luces, dude un poco de lo que estaba viendo, pero después de ajustar la vista y poner un poco más de atención, me di cuenta que era una nave de una forma muy peculiar. Este objeto parecía que estaba formado por dos pirámides de cuatro lados pegadas por sus bases; fue impresionante ver a un objeto de esa forma y de esas dimensiones suspendido en el cielo, esta nave no contaba con luz propia, de hecho no se podía apreciar ningún tipo de luz o brillo como en todas las naves anteriores que había avistado en mi vida y fue gracias a la luz de la luna llena que pude darme cuenta de la presencia del ovni. Aparentemente esa nave apareció de la nada, pero por una corazonada comencé a relacionar aquel increíble resplandor con la presencia de este ovni; seguramente el rugir del cielo acompañado de aquellas luces no fue otra cosa que el anunció de la apertura un portal en el cielo, por el cual había llegado esta nave que tenía frente a mí.

Ilustración 18

Foto tomada en el momento del avistamiento donde se puede ver el avión que antecedió al OVNI

Doy esta conclusión basándome en experiencias previas en las que también había podido presenciar la apertura de portales con casi las mismas características, aunque nunca había visto salir naves de estos. Al inicio del avistamiento, la nave no presentó mucho movimiento y poco a poco comenzó a rodear el perímetro de la zona en donde me encontraba en dirección oeste. Mientras todo esto tenía lugar recordemos que estaba transmitiendo en vivo; a pesar de la impresión que me causó la nave, tomé mi celular y dirigí la cámara directamente hacia ella para que se pudiera apreciar, no fue fácil, pero al final logré hacerlo. De todo esto que recién he narrado hay evidencia, se cuenta con el video de la transmisión en vivo y en este se puede notar no sólo mi sorpresa y asombro del momento, sino también el miedo que sentí ante aquella situación. Sé que muchos de ustedes han de estar confundidos, dado a que el avistar naves es una de mis actividades favoritas y según lo leído en capítulos anteriores, no muestro otra cosa que no sea gratitud y alegría ante cualquier tipo de encuentro, ya sea con naves o con seres no humanos.

En este caso fue diferente porqué, como ya lo dije, esta nave no contaba con luz, su forma era extremadamente extraña para mí y se podía percibir un ambiente cargado de una energía no muy grata alrededor de este objeto y a pesar de todo eso, no fue el ovni lo que generó mi notorio temor percibido por la cámara. Durante esa transmisión en vivo decidí guardar silencio de la mitad de los hechos que ahí se estaban presentando, entonces lo que a continuación les contaré, nunca antes lo había compartido en ningún medio. Ya todos nos formamos una idea clara de aquel objeto volador y más si ya has visto el video que quedó como evidencia, además por el título de este capítulo ya te estarás dando una idea muy clara de la parte oculta en esta historia. Una vez que la nave se hizo presente permaneció inmóvil por unos segundos, fue en ese lapso donde pude notar que de ella descendió flotando de una manera controlada una gran sombra/silueta. La distancia entonces entre ese ser y yo era casi de cinco casas y aun así se notaba imponente, grande, diferente a todos los seres no humanos que había visto antes y podía sentir una energía intimidante con la que no estaba familiarizado. A esa distancia y contado sólo con la luz de la luna llena para poder ver aquella noche, no era muy nítida la imagen de ese ser enorme; enfoque la vista y el miedo se apoderó de mí cuando de entre su cuerpo pude distinguir algo que no podía ser otra cosa que una enorme cola, como si se tratara de un gran lagarto de casi 4 metros de altura en dos patas. (*Ilustración 19*) No podía imaginar la razón o motivo por el cual un ser con esa apariencia se hacía presente por aquella zona de la Ciudad de México; aunque tenía muy claro que igual que todas la **ABDUCCIONES** y manifestaciones ***EXTRATERRESTRES***, esta no era producto del azar y mucho menos una coincidencia. En este punto empezaré a contar de manera muy resumida la otra experiencia de este capítulo y veremos que ambas tienen relación directa, o al menos esa es la conclusión a la que he llegado.

Empezaré diciendo que, al menos en la Ciudad de México, ese año de 2016 resultó ser muy activo en cuanto a contactos y actividad ***EXTRATERRESTRE*** se refiere; constantemente pude ser testigo de varios objetos flotantes en el cielo de origen desconocido y algunos acercamientos de inteligencias no humanas y entre estas la que les contaré a continuación.

Ilustración 19

Una semana antes de la presencia de ese supuesto ser reptiliano sobre las azoteas de aquel barrio, había tenido la oportunidad de ser visitado en mi domicilio por una entidad luminosa, según mi sentir y su apariencia, un **SER DE LUZ** sin duda. Era una noche como cualquiera del mes de Julio del año 2016, recuerdo perfectamente que en esa ocasión tenía el compromiso de hacer una de mis acostumbradas transmisiones en vivo, por lo que deduzco que fue una noche de miércoles, viernes o sábado. El reloj marcaba 30 minutos después de las 10 de la noche, tenía presente mi programa, pero no podía hacer caso omiso de mis obligaciones y tareas domésticas. Dos días antes había lavado mi ropa y era necesario recogerla de los lazos al ya no tener mudas disponibles; subí a la azotea del edificio donde vivía entonces con un balde vacío en mano. Subí los 3 pisos por las escaleras y una vez arriba comencé a doblar la ropa seca y limpia dentro del recipiente. Estaba muy metido en mis asuntos sacudiendo enérgicamente prenda por prenda, ya que era común encontrar pequeñas arañas u otros insectos entre las telas; cuando de pronto, una sensación extraña, pero muy familiar invadió aquél lugar y a mi persona.

Claramente pude sentir como se ralentizaban mis movimientos, el aire se volvía más denso y un calor acogedor y tranquilizante empezó a opacar las ráfagas de aire frio que comúnmente se dan a esas alturas. Las experiencias previas ante situaciones similares me han condicionado de alguna manera, así que casi de manera inmediata comencé a buscar minuciosamente en el cielo con la esperanza de encontrar ese "***no sé qué***" que pudiera dar explicación a lo que estaba viviendo en ese momento. Busqué una nave, un platillo volador, alguna esfera, una luz, pero nada estaba al alcance de mi vista, lo que ya sabemos que no necesariamente significa que no haya habido nada en realidad[20]. Fue cuestión de un par de minutos para empezar a ver un haz de luz de casi un metro de diámetro que caía sobre el piso de la azotea, no había ruidos raros ni alguna otra condición fuera de lo normal; me quedé mirando fijamente ese resplandor ya que sabía que algo interesante estaba por ocurrir y así fue, poco a poco un ser de apariencia completamente humana, salvo por algunos rasgos distintos casi imperceptibles, empezó a descender por aquella luz. Claramente pude ver su vestimenta y sus rasgos físicos que dejaron en claro que pertenecía al género masculino.

Logré ver su cara, a pesar de la intensa luz que esta emanaba, y mostraba facciones muy humanas a excepción de los ojos, ya que este ser los tenía notoriamente más grandes que un humano promedio. Su rostro apacible y libre de vello facial, no transmitía otra cosa que serenidad. Usaba el cabello largo por debajo de los hombros y este era de un tono castaño claro sin poder siquiera insinuar alguna tonalidad de rubio. Su ropa consistía en una "*toga*" blanca de un material aparentemente

---

[20] Recordemos que muchos seres, tanto hostiles como benévolos cuentan con la capacidad de volverse invisibles al ojo humano, tanto corporalmente como también sus naves.

plástico y sujeta a su cintura tenía una cinta de unos 5 centímetros de ancho en color morado. La tela caía por debajo de sus pies, por lo que me es imposible dar detalle de esa parte de su cuerpo. Este ser nunca llego a tocar el piso sobre el que yo me encontraba, siempre se mantuvo a por lo menos unos 30 centímetros sobre él. Como en veces anteriores mi movilidad se disminuyó y pese a ello sólo tenía en mente poder obtener evidencia de tan increíble acontecimiento; como casi siempre, traía mi teléfono celular en una de las bolsas de mi pantalón y a riego de perderlo[21] (tal y como ocurrió en la experiencia con el ser de apariencia felina en Tepoztlán) decidí hacer un esfuerzo por tomarlo y hacer lo propio.

Como pude llevé mi mano al bolsillo del pantalón, tomé el teléfono, apreté el botón de atajo para tomar fotografías o video (la función es la misma) y con una muy mala dirección y enfoque tomé lo primero que dispuso el teléfono celular. (*Ilustración 20*)

---

[21] En avistamientos y encuentros cercanos previos ya había perdido algunos dispositivos electrónicos entre los que se encontraban; teléfonos, cámaras digitales y videocámaras. Es un hecho que estos fenómenos traen consigo una radiación especial que podría afectar el funcionamiento de estos aparatos, pero independientemente de esa verdad, estoy seguro que también interviene la voluntad de estos seres; dependerá si dan su consentimiento o no para ser videograbados o fotografiados.

Ilustración 20 (Foto tomada con un teléfono celular)

En la foto que aquí comparto con ustedes no se hace justicia a lo que ese día pude presenciar con mis propios ojos, sin embargo, debo de agradecer que se dio la posibilidad de obtener esta evidencia y al mismo tiempo pude conservar mi teléfono en perfecto estado. Justo cuando aquél ser, quien me dio un mensaje muy personal que no compartiré por razones obvias, se disponía a poner fin a nuestro encuentro, empezó a ascender y cuando se encontraba a casi 2 metros sobre el suelo que yo pisaba, fue que logré captar su imagen. Recordemos que esta narración se vincula directamente con la visita de ese ser reptiliano o por lo menos es a la conclusión que he llegado. Lo dicho antes, no existen coincidencias, ni accidentes dentro de estos fenómenos, por lo que tengo la certeza de que la visita de aquél ser reptiliano fue consecuencia de la presencia previa de este maravilloso **HERMANO DE LUZ**.

Aunque resulte difícil creerlo, existe un control y un orden muy meticulosos en lo que se refiere a la información que manejan esas entidades. Me refiero, a que todos los avistamientos, encuentros cercanos, estrellamientos de naves e incidentes de consideración, están registrados en algún lugar y se encuentran tras 50 puertas impenetrables, cada una con 30 candados en unas instalaciones a más de 2 kilómetros bajo tierra y tengo fuertes motivos y vivencias para hacer una afirmación tan aventurada. Los seres oscuros están muy al pendiente de la actividad de sus contrapartes, sabemos que no tienen oportunidad los primeros en contra de los segundos, por lo que lo único que les queda es tener un registro detallado de su actividad en la tierra y tal vez más allá de sus confines. Ahora bien, haciendo a un lado las paranoias y delirios de grandeza, tratemos de ser objetivos con los datos palpables. Estamos hablando de que ese ser reptiliano se presentó ahí, en la misma zona en donde días antes un **SER DE LUZ** había hecho acto de presencia; para ser coincidencia es mucha y para ser accidente es improbable; obviamente un hecho se relaciona con el otro y cualquiera que tenga un razonamiento lógico y acuda al sentido común lo entenderá de la misma manera.

Entendamos que los seres hostiles tratan de alguna manera de deshacer el bien que los seres benévolos obran en nuestro mundo; tratarán de confundir a los contactados por *Seres de Luz*, infundir dudas, generar contradicciones a los planteamientos o consejos de esos seres buenos, en general, las razas oscuras se desgastan por manchar o demeritar la labor tan importante y vital que entidades a favor de la raza humana han realizado a lo largo de miles de años en este planeta. Bajo este entendimiento, no dudo que esa haya sido la intención de aquél ser reptiliano para conmigo; el mensaje y consejo que aquél **SER DE LUZ** me compartió fue claro, directo y muy útil y solamente la presencia de algo tan grotesco y amenazante, como lo es un ser de apariencia hostil de casi 4 metros de altura, dotado de un cuerpo robusto y una cola que bien cumple las funciones de un arma mortal, podría colocar en segundo plano mi encuentro previo que resultó ser tan provechoso. En esta parte siento la obligación moral de ser totalmente honesto con los que leen este libro y con los que han seguido mi trayectoria en general, a quienes mando todo el agradecimiento y mis mejores deseos. No es un secreto que ante la presencia de aquél ser de apariencia reptil casi me desvanezco a causa del miedo y muchos de mis seguidores pudieron notarlo en la grabación que quedó como evidencia de tan espeluznante hecho.

Es muy reiterativa mi invitación a no tener miedo, sin importar la circunstancia, la situación, la adversidad o el enemigo nunca debemos de manifestar miedo, ya que esa emoción dará más poder y presencia a aquello que nos genera el miedo. Ya sea una enfermedad, un agresor o una situación desagradable o peligrosa en concreto, la mejor manera de salir avante es restándole poder al mal, nunca con una confrontación directa.

Pues, con eso en mente, lo mejor que se me ocurrió hacer ante la presencia de aquel ser reptiliano fue **IGNORARLO POR COMPLETO** o por lo menos tratar de hacerlo. Una vez que lo vi y deduje de qué se trataba, fijé mi vista en la nave, enfoqué mi atención y la lente del teléfono celular a la nave, pero no al ser que de ella había descendido. Creo que al final esto resultó bien para mí; seguí la trayectoria de la nave hasta que se perdió a la distancia en el cielo, regresé mi vista hacía la zona donde se mostró aquel ser y ya no estaba. No tengo idea si se regresó a la nave, si irrumpió en algún domicilio o se movió hacía otra zona, lo único que tenía en claro y me llenaba de tranquilidad era que ya no estaba (al menos visualmente) cerca de mí. A continuación trataré de dar respuesta a una de tantas dudas que surgen a partir de estos llamados ***"CONTACTOS CON SERES EXTRATERRESTRES"***.

¿CUALÉS SON LAS INTENCIONES DE ESOS SERES?

Los casos revelados en este libro son una minúscula muestra de todos los que diariamente acontecen en el mundo, casos de los que nadie se entera debido a que los humanos implicados los mantienen en secreto, debido a situaciones que está por demás volver a explicar. Como podemos ver, existen seres con intenciones buenas para la raza humana, otros, de naturaleza hostil que dañan, confunden y manipulan a sus víctimas y podría hablar de otro tipo de visitantes a los que justamente denominaré los *IMPARCIALES*; aquí me refiero a esas entidades que tal parece que el motivo por el cual se hacen presentes ante los humanos no es más que mera curiosidad. Se acercan a nuestras ciudades y comunidades, sean grandes o pequeñas, nos analizan y tal vez hasta nos traten de entender; al igual que el explorador-científico se adentra en las profundidades de la selva Lacandona para estudiar a fondo el comportamiento de los monos.

Lo verdaderamente controversial se presenta cuando tenemos que entender las intenciones de aquellos seres que interactúan o interfieren directamente con la raza humana, me refiero a los protagonistas de las ABDUCCIONES o de los CONTACTOS directos. Como ya se ha dicho, tenemos por un lado a los seres de actitud hostil y por otro a los seres aparentemente benévolos que buscan ayudar a la raza humana. Trataré de enfocarme a las intenciones de los seres hostiles ya que son los que, aparentemente, dañan y se aprovechan de la raza humana. Estos seres hostiles, quienes llevan a cabo las llamadas ABDUCCIONES en los humanos, son los que más llaman la atención y por tanto a los que más nos tendemos a enfocar. Muchos libros, películas, series de televisión y hasta dibujos animados toman como protagonistas a esos seres macro-céfalos de ojos grandes almendrados conocidos como **LOS GRISES**, y todo esto a pesar de que ellos sólo representan un pequeño eslabón de una cadena gigantesca que ata y golpea al ser humano, en la cual se involucran otras razas hostiles de mayor jerarquía y hasta personajes humanos con altos rangos militares o grandes puestos políticos. Este mundo actual, que se rige por incongruencias gigantescas e injusticias para la raza humana, toma sentido si acabamos de entender de una buena vez que todo eso es el resultado de la ambición humana y de la intervención de seres oscuros o inteligencias ***EXTRA-TERRESTRES***, (razas de origen reptil) quienes sólo se aprovechan de esa insaciable hambre de poder y dinero que tienen los gobernantes de los países más poderosos y por eso los controlan cual títeres sin voluntad.

Estos seres oscuros son los mismos que en la antigüedad se mostraron frente a pueblos muy conocidos de la historia, como los egipcios, los hebreos o los aztecas. Se hacían pasar por "*dioses*" y de ese modo controlaban a esos pueblos para satisfacer sus ***necesidades primarias*** (*recordar este concepto*) y para quien dude de ello basta con echar un vistazo a todo los vestigios arqueológicos que esas culturas han heredado al mundo. Cuando el pueblo egipcio o el pueblo azteca plasmaban las imágenes de sus "*dioses*" lo hacían para dejar testimonio de lo que realmente estaban viendo, de esos seres casi increíbles que se les presentaban de manera física, los mismos que, por un lado, los ayudaban proporcionándoles cierta tecnología y cono-cimientos y por otro les exigían rituales sangrientos en donde uno o varios humanos debían ser sacrificados, ya fuere bajo el pretexto de agradar a los "*dioses*" o de poder acceder al otro mundo.

Entonces, tenemos que seres de por lo menos 3 o 4 metros de estatura que contaban con cuerpo humano y cabeza de animal daban órdenes y dirigían el mundo entero tomando control de los pueblos más importantes en tamaño y poder bélico. En la actualidad se cuentan con fuertes razones (e incluso evidencias físicas) para pensar que esta situación no ha cambiado del todo. En la antigüedad estas razas ***EXTRATERRESTRES*** se imponían ante pueblos increíblemente crédulos y con una capacidad de resistencia casi nula debido a un poder armamentista muy pobre o nulo. No tenían problema alguno en mostrarse abiertamente, establecer sus condiciones, hacerse pasar por "*dioses*", jugar, manipular y al mismo tiempo ser venerados. En contraste, en la actualidad, para ser francos, esos "*dioses*" ya no la tienen tan sencilla.

Si en la actualidad unos seres ***EXTRATERRESTRES*** se presentaran ante cualquier pueblo del mundo y se autoproclamaran "*dioses*" puedo asegurar que únicamente los niños menores de 5 años les creerían y esos con un rango amplio de duda. Los humanos de hoy en día tal vez no tengan bien en claro que o quien es Dios, pero sí tienen perfectamente bien establecido lo que no es; entonces hacerse pasar por "*dioses*" ya no es el plan maestro que les daría el control absoluto del mundo. Pero estos seres son increíblemente inteligentes y en su afán por mantenerse con vida y conservar su estilo de vida, buscarán maneras, aliados y estrategias para seguir controlando a la mayor cantidad de humanos que les sea posible, al mismo tiempo que evitan confrontaciones de consecuencias posiblemente desfavorables para ellos.

Así fue como salieron con el plan maestro de crear esta sociedad actual en la cual vivimos todos nosotros, este sistema que te envuelve en su juego donde los que ponen las reglas son ellos y ejercen su poder y mando a través de dos herramientas principalmente: el dinero y las llamadas CONSPIRACIONES. Su estrategia de control es muy fácil de entender, ya que el mejor esclavo es aquel que ni siquiera sospecha que es esclavo; por el contrario, le hacen creer al ser humano que es amo y señor de este mundo y de la galaxia entera, ensalzan a más no poder la supuesta supremacía humana y niegan la existencia de toda raza ***EXTRATERRESTRE*** para no abrir la posibilidad a confrontaciones y dicho claramente, tampoco a una invasión.

No hace falta haber ganado un Premio Nobel para entender que en un mundo en donde se gasta anualmente 1.8 billones de dólares en armamento mientras millones de personas mueren a consecuencia del hambre o de enfermedades curables, existe algo que no marcha bien. La guerra, la desigualdad social, las injusticias en contra de pueblos y países enteros, las ocupaciones, la mala distribución de la riqueza, la existencia de marcadas clases sociales y todas esas circunstancias que hacen casi inhabitable a este mundo forman parte del plan que esas razas ***EXTRATERRESTRES*** tienen para los humanos.

Páginas atrás nos referimos a las ***necesidades primarias*** de esas razas ***EXTRATERRESTRES*** quienes dominan el mundo y para entender este punto es necesario establecer qué; un ser oscuro u hostil SIEMPRE será un ser parásito o dependiente, esto es, que necesita de otros seres para obtener su sustento básico y así garantizar su subsistencia. Estas entidades no están interesadas en nuestro dinero (ellos lo imprimen bajo las condiciones que quieren y lo reparten de igual forma por el mundo), no les interesa tu auto, tu casa, el pago de tus impuestos, ni tu adoración hacia ellos, lo que buscan es más sutil e imperceptible para la raza humana, por lo que al generarlo y perderlo no lo extrañamos, a pesar de que sí nos genera repercusiones adversas a nivel físico y energético. Otra de las grandes mentiras de las que nos han convencido en este mundo es aquella que nos asegura que el ser humano es el último escalón de la cadena alimenticia, pero no es así. El ser humano SÍ es devorado por otras entidades "*superiores*".

El gusto por la sangre de esos seres no ha disminuido y al verse casi imposibilitados en el mundo moderno para exigir sacrificios humanos o animales tal y como era la vieja usanza, optan por la creación de conflictos bélicos a gran escala y por la proliferación de la violencia a nivel local. Del derramamiento de sangre estas entidades obtienen algo muy importante para mantenerse con vida y tal parece que de igual forma del sufrimiento humano. Nuestro paso por este mundo se entiende como un completo calvario, un sufrir interminable, donde el que no sufre es porque es idiota o porque no acaba de entender que de eso se trata la vida. Problemas, carencias, enfermedad, miedo, preocupaciones y atropellos son los componentes diarios de tu vida y te has acostumbrado a entenderlos como algo "normal" y con la religión apoyando esta teoría disparatada de que a través del sufrimiento se perdonan los pecados y te acercas más a Dios, todos vivimos ahogados en un mar de lágrimas.

El ser humano al sufrir, al experimentar sentimientos cercanos al miedo o al desbordar sus emociones sin control, desprende unas ***energías sutiles*** pero poderosas, ***que sirven de alimento a esos seres que desde las sombras mueven los hilos de este mundo y sacan provecho de la raza humana, al igual que nosotros lo hacemos con el ganado de una granja***. Todo se enfoca a mantener el control y de ese modo garantizar su supervivencia y su *Modus Vivendi*. Muchas veces me han preguntado lo mismo:

¿Y si nos odian tanto por qué no nos matan de una buena vez?

La respuesta es sencilla, ¡porque no son idiotas! ¿Qué ganadero en su sano juicio mataría a todas sus cabezas de ganado de una sola vez? Tras la desaparición total de la raza humana, esos seres irremediablemente sufrirían el mismo destino. Pero no todo es desesperanzador en esta situación, ya que hay algo que no me deja de dar vueltas en la cabeza desde el momento en que entendí todo lo que te acabo de exponer y es lo siguiente:

Si estos seres que esclavizan a la raza humana tienen la necesidad de pasar desapercibidos, hacen hasta lo imposible por negar su existencia y evitan una confrontación directa con la raza humana, es tal vez porque ellos están conscientes de que existe la posibilidad de perder al enfrentarse directamente con nosotros; en otras palabras, tal parece que esas entidades tienen más noción de las verdaderas capacidades humanas que el mismo ser humano.

Me he enfocado a explicar las intenciones que sólo dos razas oscuras tienen para con los humanos; **LOS REPTILIANOS** y **LOS GRISES,** ambas se entienden como razas hostiles, aunque ya sabemos que no debemos generalizar, debido a que hay testimonios de algunos casos en donde se han presentado supuestas razas reptiles con la intención de ayudar a sus contactados. La constante que podemos encontrar en todas las razas nocivas para el ser humano es que estas siempre tratarán de obtener algo de sus ABDUCIDOS o CONTACTADOS.

Conozco casos de primera mano en donde a esas razas ***EXTRATERRESTRES***, que interactúan directamente con los humanos, no les basta con esas ***energías sutiles*** que obtienen de nosotros para sobrevivir, sino que también buscan otro tipo de *favores*. Existen varios CONTACTADOS a los que se les ha pedido desde una muestra de sus fluidos corporales (semen, saliva, sudor, orina, entre otros), hasta la construcción de pirámides o la instrucción de fundar algún grupo religioso con fines específicos y en esto también va, la construcción de sus respectivos templos, donde se les adorará a esos seres de origen no humano cual como si fueran "*dioses*".

A pesar de la impunidad con la cual aparentemente las entidades oscuras se manejan en nuestro mundo, existen ciertas limitantes muy poderosas que deben acatar, porque de no hacerlo, deberían de enfrentarse con otras razas que se dedican a mantener el equilibrio y el orden dentro de nuestro universo.

ALGUNAS LEYES UNIVERSALES

En este punto debo explicar que, independientemente de las leyes que rigen a la raza humana, existen otras con alcances mucho más extensos y que involucran a todas las razas inteligentes dentro del universo conocido. Organismos encargados de la sana convivencia y de la aplicación de esas leyes se encuentran *allá arriba*, a donde el hombre no ha podido llegar, en el espacio exterior. La ley más conocida que se hace presente constantemente en la vida diaria de los humanos es la que se conoce como:

LA LEY DE LA NO INTERVENCIÓN

Esta ley establece que ninguna raza podrá interferir de manera directa en el desarrollo de otra que no tenga consciencia de las ***VERDADES ESTELARES***. Esto significa; que ninguna raza, sea buena o mala puede interactuar de manera directa con los seres humanos (salvo en situaciones muy especiales que mencionaré más adelante). Sobra decir que los seres hostiles hacen caso omiso de dicha ley y es por ello que se atreven a interactuar con los humanos. Ahora bien, está ***LA LEY DE LA NO INTERVENCIÓN*** también prohíbe una posible invasión *NO CONSENSUADA* de una raza a otra. Situación que está lejos de asemejarse a la que vivimos en este planeta, debido a que la invasión que padecemos cuenta con nuestro permiso. Así es, ya que nuestros flamantes representantes políticos han sido cómplices en el desarrollo de esta invasión y esclavización de la raza humana; a través de tratados, convenios, organismos internacionales, instituciones, leyes y pactos que se crean para este mismo fin. Como ejemplo de lo anterior, recordemos que cierto presidente de un poderoso país otorgó permiso explicito, sellado y firmado, a **LOS GRISES** en específico, para poder llevar a cabo sus **ABDUCCIONES** sin contratiempo alguno[22]. Entonces, si hablamos con franqueza, estos seres cuentan con el permiso de nuestras autoridades para llevar a cabo las actividades que tanto los distinguen.

Ya lo mencioné anteriormente, pero por si no quedó claro vuelvo a decirte que este planeta junto con los humanos que lo habitan padecen, desde hace ya muchísimos años, una invasión por parte de otras razas que nos esclavizan y se aprovechan de nosotros y este es otro motivo de peso para que esos seres no den la cara abiertamente. Mientras el ser humano no esté consciente de esta triste realidad que vive, no podrá hacer nada para combatirla. Esa ley universal que ya mencionamos podría poner en marcha los mecanismos necesarios (ya sean diplomáticos o incluso bélicos) contra esta situación que se vive en el planeta, sin embargo, se ven imposibilitados por los siguientes motivos totalmente válidos

---

[22] Según información presentada por Laura Eisenhower, nieta del expresidente de Los Estados Unidos, Dwight Eisenhower, este sostuvo una reunión secreta la madrugada del 21 de febrero de 1954 con **LOS GRISES**, a quienes a cambio de tecnología, les permitiría residir en el planeta tierra y llevar a cabo las abducciones necesarias en humanos, siempre y cuando les respetaran la vida.

y comprensibles si los entendemos desde la perspectiva de esas ***Autoridades Estelares***:

- Esta invasión en contra de la raza humana está perfectamente consensuada. Existen documentos donde los principales dirigentes del mundo están de acuerdo con esta situación.
- Estos reconocidos dirigentes son considerados por los encargados de la aplicación de las leyes universales como los auténticos representantes de la raza humana y por tanto, voceros de la voluntad de las mayorías.
- Las ***Autoridades Estelares*** entienden que esos importantes dirigentes del mundo fueron elegidos a través de procesos democráticos, justos y transparentes[23] y de no haber sido así, lo mínimo que se podría esperar sería que las personas exigieran la renuncia de esos dirigentes, se manifestaran en contra de esos funcionarios públicos o tomaran algún tipo de acción a raíz de la imposición y está de sobra decir que esto no ocurre.

---

[23] Aunque ya sabemos que los procesos para elegir a los representantes del pueblo (ya sea el presidente de un país u otro cargo público menor) son una mera simulación, resultan sumamente importantes para justificar ante ***Autoridades Estelares*** la situación en la que se encuentran los pueblos del mundo y estas no encuentren motivos palpables para intervenir. De ahí las fastidiosas campañas que bombardean los medios pidiéndote casi de rodillas que vayas a ejercer tu derecho al voto.

- Detrás de los grandes movimientos armados que se presentan en el mundo, existen documentos que avalan acuerdos con los dirigentes de los países involucrados. Se firman y sellan alianzas entre naciones y no olvidemos las declaraciones de guerra, como podemos ver, con este proceder especial y bien pensado las guerras son completamente "legales" e incluso, en apariencia y ante los ojos de las ***Autoridades Estelares***, la raza humana está de acuerdo con ellas.

Como vas entendiendo, amado lector, esas entidades que se creen dueños de este planeta y de toda la vida en él, han pensado cuidadosamente en todos los detalles y no han dejado nada al azar. Han hecho de la existencia del ser humano un juego del que siempre resultamos perdedores y en el cual es imposible modificar las reglas. Se han encargado, por todos los medios, de negarnos cualquier tipo de ayuda externa y al mismo tiempo nos han convencido que nosotros **no** contamos con las capacidades necesarias para enfrentarlos, a pesar de que ya muchos de nosotros entendemos que esto es una completa mentira.

La raza humana **sí** cuenta con la capacidad de librarse por medios propios y también con el apoyo de razas superiores (en tecnología y en evolución espiritual) que pudieran, bajo las condiciones necesarias, intervenir y defender los derechos y exigir justicia para todos los pueblos del mundo;

lamentablemente esas condiciones no se presentan debido a la sencilla razón de que:

NO SABES SIQUIERA DE QUE O DE QUIENES TIENES QUE DEFENDERTE.

Pasando a temas más agradables, quiero compartir los siguientes puntos para establecer una clara diferencia entre aquellos seres que resultan nocivos para los seres humanos y los *Seres de Luz* o ***EXTRATERRESTRES*** buenos, todo esto basándome en mis experiencias personales de contacto y en otras muy cercanas a mí:

- Los *Seres de Luz* nunca comparten mensajes apocalípticos ni profetizan algún desastre a gran escala.

- Los *Seres de Luz* NUNCA te pedirán algo a cambio de la información o de los mensajes que te compartan.

- La primera señal de contacto que suelen dar Los *Seres de Luz* a los humanos son destellos luminosos que provienen de sus naves.

- Una manera común de contacto que utilizan Los *Seres de Luz* son los sueños o mensajes telepáticos.

- Los *Seres de Luz* no atentan contra tu libertad, ni en contra de tu libre albedrio.

- Los *Seres de Luz* son muy sutiles, discretos y procuran no llamar la atención, por este motivo es muy difícil establecer contacto directo con ellos.

Los ***EXTRATERRESTRES*** buenos existen, están ahí, cuidándonos y tratando de ayudarnos hasta donde les es posible antes de quebrantar alguna de las Leyes Universales. Estos ***HERMANOS MAYORES*** se apegan mucho al cumplimiento de las leyes, ya sean locales o universales, por lo que sólo intervendrían en nuestro planeta de manera directa, sin tomar en cuenta procesos burocráticos, leyes o papeleos, si se diera el caso de que más de la mitad de la raza humana estuviera en peligro de perder la vida. Esto se justifica debido a que la ley que se antepone a todas las demás es:

LA LEY DE LA CONSERVACIÓN DE LA VIDA Y EL MEDIO

Ahora bien, en párrafos anteriores he hablado de una posible intervención directa por parte de *Seres de Luz* y comenté bajo qué condiciones se podría dar; por supuesto que ese tipo de intervención a la que me refiero sería de manera masiva e incluyente, pero en aras de hablar con la verdad, no es la única manera en que esos ***HERMANOS MAYORES*** pueden llegar a interactuar con las personas.

Sería un grave error de mi parte omitir la información que estoy a punto de compartir. A lo largo de los miles de casos de contactos con *Seres de Luz* que se han investigado, podemos obtener datos muy interesantes del modo en que se desarrolla la relación del CONTACTADO con sus visitantes del espacio. Específicamente estoy hablando del modo en que esos *Seres de Luz* interactúan o intervienen descaradamente en la vida de sus protegidos que habitan este planeta y de ese modo, les ayudan a mejorar uno o varios aspectos de sus vidas. En casos muy cercanos, he tenido la oportunidad de enterarme como las condiciones de vida de esos CONTACTADOS mejoran casi por obra de magia y del mismo modo he sido testigo de lo que tendemos a llamar *"milagros"*, los cuales han significado la curación definitiva de enfermedades presentes en los mismos CONTACTADOS o en algún familiar cercano, condiciones tan terribles como daño renal e incluso cáncer desaparecen como si nunca hubieran existido y así dejan de ser la causa principal de preocupación de esas personas.

La ayuda que esos seres brindan a sus protegidos es muy variada y depende directamente de las necesidades de cada uno de ellos. Puedo también dar testimonio de ascensos inexplicables a puestos importantes dentro de una empresa o que las oportunidades de buenos empleos lleguen literalmente a tocar a la puerta de tu casa (tal como me ocurrió en el año 2015). En mi caso, he agradecido infinitamente toda ayuda recibida por parte de estos ***HERMANOS MAYORES*** a los que respeto y amo profundamente. Ellos saben que lo que más aprecio es el conocimiento; de ahí que lo que más he recibido de su parte han sido enseñanzas que suponen entendimiento y saber, mismas que trato de compartir con todos ustedes por los medios que están a mi alcance.

Ante esta situación, solo puedo deducir que existe algún tipo de clausula especial dentro de esa ***LEY DE NO INTERVENCIÓN*** en la que tal vez se les permite ayudar de manera discreta y con medida a sus contactados. Para terminar con este apartado, considerando el caso de que algunos de mis lectores sean de esas personas quienes no se sorprenden fácilmente y las sanaciones, el conocimiento o los puestos de trabajo privilegiados no les parezcan una ayuda que podrían considerar *"de otro mundo"*, sólo les comentaré que también he podido presenciar la materialización de dinero o monedas de metales preciosos para alivio de alguna presión económica y más sorprendente aún, he podido comprobar con evidencias y testimonios confiables, casos de teletransportaciones de personas de una ciudad a otra en cuestión de segundos.

Sería buena idea considerar que, al igual que entre los seres humanos, podemos encontrar diversas personalidades en estos ***HERMANOS MAYORES***, así tenemos a unos que son serios, otros curiosos, bromistas, amantes de la música, protectores, etcétera. Estas variadas características en ellos pueden influir en su modo de actuar y más importante aún, en el modo en que se acercan a los humanos. Lo importante es considerar los puntos ya mencionados para poder tener mayor certeza de la naturaleza de los seres que pudieran llegar a contactarte y nunca olvides que muchas veces la apariencia no lo es todo, sino las intenciones. De esto hablaré en el siguiente capítulo.

SERES MALOS DISFRAZADOS DE BUENOS

Según varios casos estudiados, no son pocas las veces en que la visita de un ser hostil precede a la de un **SER DE LUZ** o viceversa. He podido escuchar de los propios abducidos como narran el terrible tormento que padecieron ante la voluntad de esos seres oscuros, para días después ser visitados por algo a lo que los involucrados han descrito como *"vírgenes"* o *"ángeles"*.

No debemos olvidar que los seres oscuros del universo son especialistas en la mentira y el engaño, entonces, no sé hasta qué punto pudiéramos llegar a pensar que las entidades que esos abducidos describen como *"salvadoras"* en realidad fueran las mismas entidades hostiles, pero portando una imagen amable que busque generar confianza y seguridad en el contactado. Muchos se pueden preguntar ¿Y para qué harían algo así? La única respuesta que se me ocurre es, para burlarse de tu fe o sistema de creencias. Para aterrizar mi punto tomaré a dos casos muy cercanos, un joven y una muchacha, ambos abducidos. Él de creencias y prácticas judío-ortodoxas y ella una fiel creyente de la fe católica. Tuve oportunidad de seguir muy de cerca sus experiencias; ambos comentaron que días después de sus **ABDUCCIONES** por parte de **LOS GRISES** fueron visitados por *"SERES LUMINOSOS"*. Como era de esperarse, la muchacha percibió a esta entidad como la misma imagen de la Virgen María; algo que me resulta muy lógico tomando en cuenta sus prácticas religiosas;

curiosamente a nuestro amigo judío no lo visitó un ángel, ni una virgen (conceptos que simplemente no empatan del todo con las creencias del pueblo judío) sino algo que él describió como un ***"PERGAMINO LUMINOSO"***[24], el cual con su sola presencia, lo colmo de paz y un bienestar general difícil de explicar, según comentó.

Obviamente, quienes perpetraron esas puestas en escena sabían perfectamente de qué manera llegar a lo más profundo de sus creencias. Me imagino por un momento esas experiencias invertidas: la virgen visitando al judío y el pergamino visitando a la católica; simplemente no hubieran generado el mismo impacto. Todo fue estudiado y planificado previamente, nada fue al azar y estoy casi seguro que esos seres que se mostraron como benévolos ante nuestra pareja de amigos a pesar de que **no** lo eran y expondré mis razones para afirmar esto.

Muchos de ustedes ya han de saber que yo he pasado por diversas situaciones, en las cuales se ha puesto en riesgo mi integridad física y me atrevo a decir que también la espiritual. Hablo de **ABDUCCIONES** por parte de **LOS GRISES**, de accidentes en motocicleta, agresiones a mi persona, enfermedades, por mencionar algunas. Ahora bien, específicamente en el caso de las **ABDUCCIONES**, que es el que

---

[24] Al escuchar su experiencia de inmediato relacioné aquél "PERGAMINO LUMINOSO" con el rollo de la Torá, que se utiliza en los servicios religiosos del pueblo judío.

más nos compete, las viví como cualquier otro abducido: vi la luz de la nave, sentí la parálisis corporal, pude ver a esos seres, sentí una impotencia y frustración indescriptibles, pero en donde mis historias de abducción se separan enormemente de la mayoría es en el desenlace. Lo he dicho y no me cansaré de hacerlo:

*"**ESOS SERES (LOS GRISES) A PESAR DE NOTORIAMENTE HABER QUERIDO MANIPULARME FÍSICAMENTE DURANTE MIS ABDUCCIONES, NO LO LOGRARON**"*

La explicación a esto es la siguiente: Todos nosotros contamos con la protección de seres sutiles, pero superiores espiritualmente hablando, los **ÁNGELES** son un ejército de seres luminosos que dedican su existencia a proteger y hasta cierto punto, a guiar a la raza humana. Algunos otros humanos (por circunstancias que no trataremos en esta ocasión) cuentan con la cercanía y protección de esos, a quienes yo tiendo a llamar "**MAESTROS DE LUZ**", pero que en realidad piden ser nombrados "**HERMANOS MAYORES".** En el caso de mis **ABDUCCIONES**, fueron esos protectores quienes evitaron que esas situaciones llegaran a más, fueron ellos quienes me protegieron de esos seres hostiles y de sus intenciones, por lo que les estoy eternamente agradecido y ellos lo saben. Tanto nuestros **ÁNGELES** como nuestros **HERMANOS MAYORES** (por razones muy lógicas que serán explicadas en su momento) cuentan con ciertas restricciones para poder actuar de manera libre y directa sobre nuestras vidas. La ayuda de estos seres es real, es sutil, tratan de no llamar la atención ni recibir reconocimiento; así que en todas esas situaciones en las que estuviste a punto de perder la vida o de menos alguna extremidad y saliste ileso, tú seguro volteaste al cielo y agradeciste a Dios (a tú dios) y en caso de ser ateo se lo atribuiste a la buena suerte. Pues va siendo hora que sepas que sí fue obra de Dios, aunque de manera indirecta, porque Dios delega ese tipo de responsabilidades a esos guardianes que ya mencioné y a los que muchos de nosotros debemos la vida.

Entonces entendamos que nuestros protectores y guías actúan en el momento de peligro, cuando estamos en riesgo ellos deben recibir un *"permiso"* para poder interceder por nosotros y así es como se suscitan muchos de los mal llamados **MILAGROS**. Ahora, entendamos todo esto desde lo que vivieron nuestros amigos abducidos. Personalmente yo no le encuentro mucho sentido que esos supuestos *Seres de Luz* que se presentaron ante ellos lo hayan hecho días después de la abducción ¡Eso no tiene sentido! ¿Ya para que se presentaron una vez que pasó el peligro?

Si nuestros guardianes y protectores van a actuar y reciben el permiso para hacerlo, lo harán puntualmente para tratar de evitarnos situaciones dolorosas o de peligro. Esto me resulta tan estúpido como llegar a pensar que tu **ÁNGEL** no llegó a tiempo para salvar tu vida en ese terrible accidente, pero en compensación asistió a tu funeral y te llevó unas flores, suena extremadamente ilógico o incluso a burla ¿Cierto?

Pero, como el ser humano está más que acostumbrado a atribuirles actitudes y defectos humanos tanto a *Seres de Luz* como al mismo Dios, no te habías puesto a pensar en todo esto. Estoy consciente que el tema que en este pequeño capítulo he tratado de desarrollar es complicado y que nos llevaría más de 5 capítulos poderlo entender a fondo, a fin de cuentas, la función principal de este libro es compartir contigo experiencias de contacto, ya habrá textos posteriores en donde podamos explicar muchas preguntas que quedan en el tintero.

Con esta pequeña explicación no quise dar a entender que el **SER DE LUZ** que me visitó en mi azotea aquella noche fuera un ser malvado queriendo engañarme, no fue así. Además, en mi caso, primero fui visitado por el **SER DE LUZ** y días después se presentó el ser reptiliano. He insistido mucho en el desarrollo de las capacidades psíquicas y extrasensoriales de la raza humana, porque estas son de vital importancia en este tipo de situaciones ya que:

"SÓLO APRENDIENDO A DISTINGUIR EL BIEN DEL MAL Y EL AMOR DEL MIEDO SERÁS INMUNE A LOS ENGAÑOS"

COMENTARIO FINAL

El presente libro no tiene la finalidad de convencer a nadie de los fenómenos y realidades que en él se muestran.

Para las personas familiarizadas con la realidad ovni y ***EXTRATERRESTRE*** representará un compendio más de los miles de casos de contactos ***EXTRATERRESTRES*** registrados a lo largo de toda la historia de la humanidad, por otro lado, para aquellos que no están en contacto con estos temas y la realidad ovni no representa algo importante en sus vidas, si son de mente cerrada y su nivel de consciencia es promedio o por debajo, tenderán a negar todo lo aquí presentado, pondrán en duda la veracidad de los casos y buscarán los medios, herramientas y justificaciones para catalogar de farsa o engaño el contenido de este libro; por estos hermanos no puedo sentir más que compasión, ya que el ser humano que en este punto de su historia no tenga consciencia de estas realidades, se estará negando a conocer la verdad fuera de este mundo superficial y peor aún, condenará irremediablemente su existencia a esa trampa conocida como REENCARNACIÓN.

La realidad ovni o fenómeno ovni, como muchos lo conocen, se trata más que de simples *OBJETOS VOLADORES NO IDENTIFICADOS* surcando nuestro cielo. Desde mi punto de vista, el ser humano desperdicia mucho tiempo al querer entender todo lo que lo rodea desde una perspectiva superficial; el haber vivido dentro de esta *MATRIX* por ya varios miles de años ha generado en él (ser humano) la tendencia a fijar su atención en lo externo, en lo superficial, haciendo a un lado lo trascendente. Y como podemos ver, muy a mi pesar, dentro de la realidad ovni esto se cumple a rajatabla. Es increíble que sigamos limitando esta realidad a la mera recopilación de evidencia y testimonios; los ovnis existen, son reales y las inteligencias que los tripulan también y quien no lo crea o entienda tendrá que afrontar tarde o temprano las consecuencias de esa ignorante actitud.

Ellos (los ***EXTRATERRESTRES***) están aquí, no cabe duda y llevan viviendo entre nosotros miles de años; buenos y malos; son los mismos seres que influyeron enormemente en culturas antiguas como la hebrea, la egipcia y las originarias de América. De estos seres solo podemos deducir e imaginar sus intenciones, no comprendemos un ápice de su tecnología, ignoramos su verdadero origen y es increíble que ante tantas incógnitas, la media de la población siga maravillándose con videos donde de manera borrosa se muestran algunas de las cientos de naves que cruzan el cielo todos los días. Con respeto al trabajo y dedicación de muchos colegas OVNÍLOGOS e investigadores del tema les digo:

YA VA SIENDO TIEMPO DE HACER A UN LADO LAS VIDEOCÁMARAS Y DAR EL SIGUIENTE PASO DENTRO DE ESTA REALIDAD

Las maneras de entender el fenómeno son muchas y cada uno de nosotros lo vive de modo distinto. Personalmente, empecé a aprender enormemente de nuestros ***HERMANOS MAYORES*** (de sus visitas directas y del avistamiento de sus naves) desde el momento que dejé de interesarme por la obtención de evidencias; fotos, videos y testimonios que me ayudaran a cerrar la boca a tanto escéptico y necio disidente del tema. Con el tiempo entendí que eso no importa y que del acercamiento a realidades por encima de la nuestra, podemos aprender lecciones que nos servirán a encontrar caminos nuevos e inimaginables hacía estados superiores de consciencia.

El proceso de "***ILUMINACIÓN***" que he vivido ha sido posible, en parte, gracias a las experiencias de contacto con entidades no humanas como la que de manera muy resumida compartí en este libro que involucra al **GRAN MAESTRO JESÚS**. Los *Seres de Luz* que se han presentado en mi vida y con los cuales he tenido algún tipo de interacción, fueron la introducción a este mundo de temas increíbles, mágicos, inexplicables, extraños, pero sobretodo trascendentes que me han ayudado a entender otras lecciones sumamente importantes y que me han colocado en el camino de la VERDAD y la LIBERACIÓN.

Lo digo fuerte y claro; yo no busco *"apóstoles"*, seguidores, fieles, creyentes de dogmas de fe, ni personas que al identificarse con mis experiencias sean fácilmente convencidas para fundar un culto o grupo religioso. Mi lucha personal se basa en recordarles a las personas que cuentan con un cerebro, con sentido común y con libre albedrio y busco maneras efectivas para que hagan buen uso de esos recursos.

Nunca olvides que:

TODO TIENE UNA EXPLICACIÓN CONVINCENTE, A PARTIR DE LA VERDAD UNIVERSAL, LA LÓGICA Y EL SENTIDO COMÚN.

El objetivo principal de mis proyectos es difundir verdades como las que se presentan en este libro y que estas sean herramientas a tu disposición en la búsqueda de otras que resulten importantes para ti. En la insistencia de los habitantes de este mundo por poner títulos y etiquetas, constantemente me llegan a llamar *"INVESTIGADOR DEL FENÓMENO OVNI"*. Quienes conozcan mi postura y manera de pensar sabrán que no me considero un investigador; aquel que investiga es porque duda, porque no cree, porque quiere comprobar la veracidad de una situación casi increíble, o sea, como las comprendidas dentro del tema ***EXTRATERRESTRE***. Si una persona se acerca a mí con una historia increíble de abducción; en ese momento no tengo nada para afirmar que miente, sin embargo sí tengo su palabra y su presencia para creer en su historia.

Sólo aquellos que no han vivido estos temas de cerca se atreven a negarlos rotundamente y así se convierten en uno más de tantos disidentes o escépticos que vagan por el mundo. Quienes investigan un caso específico relacionado con el tema ***EXTRATERRESTRES***, tristemente lo hacen como buscando bases (incongruencias, contradicciones, datos imprecisos) para poder afirmar que se trata de un engaño o de una completa farsa y no podemos olvidarnos de aquellos *"investigadores"* que sólo buscan obtener algún beneficio económico o publicitario, relegando a la búsqueda de la verdad a segundo plano y casos así conocemos por montones. No quiero que se malinterpreten mis palabras; no estoy en contra de CONOCER o SABER MÁS de estos y otros temas, simplemente el que me llamen o consideren *"INVESTIGADOR DEL FENÓMENO OVNI"* atenta contra mi verdadera misión e intenciones si tomamos en cuenta el proceder y andanzas de mis compañeros o colegas que sí se autodenominan con ese título; ya que ellos mantienen un despreocupado estilo de vida confundiendo y muchas veces, mintiendo a las personas. Yo no quiero investigar, quiero entender y hace muchos años comprendí que dentro del fenómeno ovni, únicamente podré conocer y entender hasta donde *"**ELLOS**"* (los tripulantes de esas naves) me lo permitan. Entonces, al no considerarme como un investigador, si insistes en colgarme una etiqueta, prefiero que sea la de *DIVULGADOR DE LA REALIDAD OVNI*.

Todo en este mundo, incluidos sus *"misterios"* tienen una razón y una explicación a las cuales muchos de ustedes podrán acercarse simplemente utilizando la lógica y el sentido común. Debemos mantener una actitud crítica y estar conscientes de que todas las personas, todos los seres, todas las situaciones y todo lo que nos rodea poseen grandes lecciones y enseñanzas que compartir con nosotros. Por mi parte, toda mi vida he estado ávido de conocer más y en lo que respecta al tema ovni creo que no he escatimado en recursos, tiempo, ni esfuerzos. Decenas de libros que he devorado han confirmado y otras veces negado conceptos importantes, no podremos estar de acuerdo con todos los autores, pero sí es muy importante aprender a enriquecer nuestros conocimientos a partir de otros puntos de vista o vivencias. A pesar de mi buen hábito por la lectura y el gran bagaje cultural e informativo que me ha brindado esta actividad, la mayoría de conceptos e ideas que comparto a través de mis libros y redes sociales provienen de otra fuente. Por lo general tiendo a compartir experiencias que he vivido en carne propia y conceptos que directamente aplico en mi vida y de los cuales puedo dar fe de su efectividad y certeza.

En otras ocasiones, parte de la información que comunico, en mis programas en vivo por ejemplo, me es *"DICTADA"* directamente por mis **MAESTROS**, aunque el tema (como muchos de ustedes saben) es seleccionado al azar de las preguntas que me llegan por correo electrónico u otros medios. Una vez aclarada esta situación, espero que cesen los constantes cuestionamientos acerca del origen de la información que amorosamente comparto con todos ustedes. (*Sé que no será así*)

Actualmente (Año 2018) sostengo contactos regulares con ciertas razas amigables de las cuales sigo aprendiendo y espero algún día poder llegar a aterrizar de una manera práctica y concreta todos los mensajes y enseñanzas recibidas de todos ellos y compartirlas tal vez en un futuro texto. Por cuestión de recursos y algunos motivos personales decidí enfocarme en los casos que ya leíste, pero eso no significa que sean los únicos que haya vivido y por mucho, tampoco son los más impresionantes. No puedo insistir lo suficiente en decir que la realidad ovni y ***EXTRATERRESTRE*** son más que un pasatiempo o misterios para maravillarnos con sus cada vez más impresionantes evidencias. Más que eso, representan la increíble posibilidad de acercarnos a planteamientos científicos, sociales y espirituales que rompen por completo con los límites establecidos en este mundo.

Un indicador inequívoco que revela el nivel de evolución en el que se encuentra una persona, es su capacidad de aprovechar los recursos que están a su alcance. Así tenemos que habrá jóvenes que con $50 dólares adquieran libros constructivos, asistan a algún evento cultural o compren un regalo para un ser querido. Pero también existen aquellos jóvenes que gastarán el dinero en cerveza, pornografía o en alguna droga ilegal.

Y tú ¿Cómo piensas aprovechar las verdades que te han sido reveladas en este libro?

Todo mi amor.

"SOLIN SALA RÁ"

CPSIA information can be obtained
at www.ICGtesting.com
Printed in the USA
LVHW091556230919
631991LV00002B/567/P